我願意
為妳朗讀

徐林克

姬健梅——譯

目錄

contents

導讀——（本文涉及部分情節，建議讀畢全書之後閱讀）

為愛解讀——嘔吐與清洗，文盲與文學

駐德大使 謝志偉

號稱「文學家與思想家之國度」的德意志民族為何會釀出一個病態非人的納粹帝國？十八世紀啟蒙年代以來兩百年的人文璀璨，終究不堪納粹的摧枯拉朽，原因何在？此大「災」問也。一九四九年，猶太裔的哲學家暨社會學家阿多諾（Theodor W. Adorno, 1903-1969）甚至針對此一浩劫寫下一句令當時德國社會識者肝膽俱裂的斷語：「奧斯威辛（Auschwitz）之後還能寫詩，那就是野蠻無誤了」。其悲憤與絕望，可想而知。所幸，德人依舊從廢墟的灰燼裡重新點燃希望的火花，其間文學創作接踵問世至今不輟，同時反省與反思納粹十二年的評論暨研究文獻亦是源源不斷。多年後，那場令整個人類社會，尤其是猶太人，無語問蒼天的浩劫曾被一位人文大儒以「人文心靈之詩性」未能攔阻得住「奧斯威辛之死神」比擬一事，或許已漸沉入歷史的底層裡了。然可確定的是，有一個人不但沒有沒忘記它，尚且將之納入其創作裡，本小說作者徐林克

（Bernhard Schlink, 1944-）是也。

一九九五年，戰後整整半世紀，徐林克在《我願意為你朗讀》裡，讓一位沉迷於情慾愛戀的青澀少年米夏・貝爾格（Michael Berg）為一位名叫漢娜・施密茲（Hanna Schmitz）的三十六歲熟女寫下了一首詩。[1]而多年後，這個當時

1. 這首詩如下（頁七十八）：

當我們敞開自己
妳對我敞開，我對妳敞開，
當我們沉醉
妳沉醉於我，我沉醉於妳，
當我們溶化
妳溶化於我，我溶化於妳。

這時
我才是我
而妳才是妳。

米夏雖然說，是受到奧國詩人李爾克（Rainer Maria Rilke, 1875-1926）之影響，但是，這首詩分明就是被視為那首中古德文詩作代表的現代版（中文翻譯出於本人）：

Dû bist mîn, ich bin dîn. des solt dû gewis sîn.（你屬於我，我屬於你）
dû bist beslozzen in mînem herzen,（你被鎖在我心裡）
verlorn ist das sluzzelîn: dû muost ouch immêr darinne sîn.（鑰匙丟了，你得永遠留在我心裡）。

年僅十五歲的高中才知道，這首詩其時所寫的對象，竟然曾是奧斯威辛集中營（！）的管理員。

心靈之詩與奧斯威辛的對撞，徐林克這部小說別出心裁之處卻是不僅於此。事實上，這部膾炙人口的小說裡的人名、開場、典故、暗喻及部分關鍵情節之設計等，更是處處充滿玄機，埋有伏筆。光從情節的設計來看，小說前半段，基本上是3B的組合：Book，Bath，Bed——聆聽朗讀、浴缸泡澡、上床做愛（德文：Buch，Bad，Bett）。這是漢娜的堅持：沒先朗讀，沒洗澎澎，勃起無效，「愛」難從命——就可惜沒看到有兩人事前喝咖啡的場景，否則，喝的一定是「勃朗」咖啡。

若再細分的話，吾人可將上床之前的文學朗讀與浴缸泡澡分別看做是心靈的洗滌與肉體的潔淨。至於為何要潔淨與洗滌，這就得從徐林克匠心獨運的兩人邂逅說起：嘔吐。而嘔吐乃因疾病，吐後即須清洗。

先就小說第一句話「十五歲那年我患了黃疸」裡的「黃疸」來看，其德文「Gelbsucht」，是個複合字，「gelb」是「黃色」，乃最接近「褐色」（braun），即納粹的代表色。至於「Sucht」這個字，其本義為「疾病」（Sieche），延伸為「糾纏不清、擺脫不了之癮，如酒癮、毒癮、煙癮等」。其實，納粹十二年的陰影，很長的一段時間，可說是德國人連傳三代無法擺脫的「罪」。這樣不堪的納粹十二年過往，在這部小說裡，作者透過第一人稱的主角米夏說了以下這段話來點出：我穿了一個富有的伯伯「遺留」（hinterlassen）下來的考究舊西裝，連同好幾雙雙色皮鞋。」而提到的第一雙之顏色就是「黑色配褐色」，（頁五十七），黑色與褐色，兩者都是納粹制服的標準顏色！而「嘔吐」這個字的德文動詞是「erbrechen」，其前三個字母「erb」，無巧不巧，正是「繼承」的動詞「erben」之前三字母。原文裡，在思考到後代與「第三帝國」（納粹帝國）的關係時，也出現了「das Erbe der Vergangenheit」（過往歷史的繼承）[2]。

值得注意的是，三番兩次弄髒自己的都是米夏。第一次的邂逅就源於他吐了而弄髒了自己。幾天後，他帶著一束花再訪漢娜，看到她彎腰曲腿穿絲襪的

2. 我手邊的版本是「Diogenes」出版社，一九九七，頁一七二。

一幕，果然眼就花了，回家後朝思暮想，醒後發現夢遺而把睡褲弄髒了。之後第一次上床，緣起，也是他找上門後，她要他到她住處的地下室裡去剷煤上來。剷著，剷著，堆積如一座小山的煤堆突然塌崩，弄得米夏渾身髒髒地沾滿煤渣。簡言之，整個交往過程裡，髒的都是米夏，負責潔淨的都是漢娜。在此，作者為男女主角取的名字就有玄機了。米夏姓「Berg」，「山」之意也。漢娜姓「Schmitz」，與「Schmidt」同源，皆「鐵匠」之意也。而此「山」在地下室即出現，「煤炭堆高如山」，也就是整個「Berg」都是煤，黑的，髒的，和對照組素有潔癖的「Schmitz」卻很搭，燒「煤」打「鐵」，一套的。然而不僅如此，在這樣的情境下，清唇音（i）的「Schmitz」幾乎是必然地引起另一個字的聯想：渾濁音(u)的Schmutz，骯髒、不潔，令人噁心之物。

那麼，漢娜如此勤於潔身，可有原因？是馬克白（夫人）效應？要靠洗手、淋浴來消除道德上的缺陷或罪孽？就故事情節的發展來看，答案似乎是肯定的。

而的確，就在漢娜自學識字後，除了米夏繼續為她朗讀錄音外，她更是自己訂書或借書閱讀，且皆係與反省、批判納粹十二年有關或受害者家屬的紀錄之著作。於是，相較於之前文盲但卻有潔癖並渾身散發各種引米夏遐思之香誘味道的漢娜，之後的她對納粹罪孽之知識的累積程度慢慢地和她對身體的潔癖之堅持成反比。典獄長對她的觀察是：「以前她一向很注意自己的儀容，體格強健但是苗條，而且一絲不苟地把自己打理得乾乾淨淨，後來她開始暴飲暴食，很少洗澡，發胖了，而且身上有了味道。（頁二二六）」這點在米夏於漢娜關了十七年之後，應典獄長之請第一次來探望預計一年後將獲准提前恩准出獄的漢娜時的親身感受是一致的：「我坐在漢娜旁邊，聞到的是一個老婦人的氣味。這股氣味我曾在奶奶、外婆以及年邁的阿姨身上聞到過，也瀰漫在養老院的房間和走道上，像一份詛咒。」。然而，米夏同時也隱約察覺到，此乃漢娜有意識造成的：「我不知道這股氣味是怎麼形成的，漢娜還沒有這麼老，不該有這種氣味。」（頁二一三）。依我看，這是漢娜的「嘔吐」，是一種對罪孽認知「由裡到外」的表達方式也[3]。

我們可以這麼看，原初，米夏的羞愧是想壓住嘔吐，卻又忍不住地嘔吐出來（頁二十二），至於漢娜的羞愧則是她盡全力要隱藏的文盲，但她一邊卻又透過聆聽朗讀來排解求知的慾望。米夏吐完穢物後，腸胃一片空白，而頗有潔癖的漢娜卻為了隱藏其知識的空白，反將一切吞忍下去，包括最終一人扛起了數以百計活活燒死在門皆上鎖的教堂裡面的「猶太女囚」之責任，而這責任原本應是由其他四位集中營的管理員和她共同承擔的，她這麼做，原因無他，就是為了逃掉「筆跡鑑定」這一關。寧願暴露「納粹幫兇」的身份，甚至多擔罪責，也不願暴露「文盲」的缺陷，這樣的心態，其實是對「人文素養」的相對崇敬，如此情節設計，誠用心良苦也。此節牽涉到文學裡一個普遍的主題：「罪與罰」。惜篇幅所現，不克開展。

米夏透過和漢娜的肉體關係，身心都轉大人，在同儕面前顯得十分有信心，一副泰然自若，這是相當典型的「成長小說／教育小說」（Bildungsroman）裡的的重要面向之一。然而漢娜剛好相反，她躲躲藏藏，幹一行轉一行，一有晉升機會，有可能洩漏其文盲身份，就不告而別，轉來轉去，才會轉到納粹集中營去當管理員。而，就在那段時日，她在被從奧斯威辛集中營調到外圍營區後，就已開始挑選健康情形較差，不堪勞役的女性，晚上去她房間裡朗讀故事給她聽，並因此而延長了她們被送回奧斯威辛大本營去面臨必死無疑的命運[4]。

雖然取題「朗讀者」（Der Vorleser），但小說下半場的關鍵後半場若名為「自學者」，亦無不可。漢娜被判了無期徒刑，關了八年之後，結婚又離了婚的米夏，有晚在失眠的情況下，拿出荷馬史詩《奧德賽》來朗讀時，在他眼中，這部經典雖被視為是一部以「歸鄉」為主題的鉅著，但他反倒認為，當時的希臘人根本是「歸鄉只為了離鄉」。思及此，米夏忽然靈機一動，決定要為已經在牢裡關了八年的漢娜錄製他朗讀的文學作品。要找到漢娜關在哪裡，並不難。顯然，這種無處真正為家的命運，除了讓他領悟到自己無法定性定情地死心塌地愛上別的女人外，也讓她想起了因擔心文盲之恥被發現而四處為家，卻無處是家，最終落腳在監牢裡的漢娜。

這一錄就錄了十年。其間，他沒去看過漢娜，而錄到第四年，漢娜透過比

3. 有關「嘔吐」的文學場景，漢語文學裡，最有名的大概就非中國明朝馮夢龍的小說《賣油郎獨占花魁女》莫屬了。花魁女出外場回來後，因酒醉昏睡，後短暫醒來嘔吐一場，一旁苦等一晚的賣油郎見她作勢要吐，當即用自己的袍子將她吐出的穢物兜個得一滴不漏，正是暗喻了他接受她煙花女子的過去。

4. 這是阿拉伯民間故事集《一千零一夜》的母題（motif）。

對錄音與從監獄圖書室借出的實體書自學寫字後，以歪歪扭扭的筆跡寫給他的短信，他也從來沒回過。入監第十八年，漢娜終於獲准提早出獄，知道米夏常寄錄音帶給漢娜的女性典獄長寫信請他來看漢娜，並希望他能為漢娜安排出獄後的住處或工作。米夏依約同意了並在漢娜出獄前一週去看漢娜，甚至前一天還與她通話。然而，漢娜卻在出獄當天早上上吊自殺身亡。電影裡還特別設計了她墊著「書本」上吊的景象。原本是來接她出獄的米夏，只能看到遺體和讀到遺書，另還有一個小鐵罐和七千馬克，是漢娜遺書裡寫著要請米夏將之還給及捐給當年教堂大火的唯二兩位劫後餘生的母女之女兒。這是懺悔、並祈求原諒的象徵。米夏找到了那位也已經是中年婦女的女兒之地址，遠渡重洋，親自將漢娜所託送到美國。對方只收罐子，錢則請米夏另做捐贈用途。

從頭至尾，文學朗讀（Vorlesen），判決書宣讀（Verlesen），自己買書閱讀（Lesen），這段過程可說是漢娜「三讀通過」的一生。其依聆聽文學的激情及識字、寫字的衝勁[5]而得能自以文學暨文字啟蒙破除、清洗文盲，以知識培養良知，以良知呼喚意識，再以意識認知罪孽，最後因知罪孽而知贖罪。徐林克意欲為蒙塵的「人文精神」洗刷潔淨並重新賦予培育高尚品格的啟蒙之重責大任[6]，意圖十分明顯。事實上，徐林克顯係懷著一顆要為「精神文明的根底—文學和文字」一雪前恥的雄心壯志來創作這部小說的。而為了要讓書中情節儘可能地和德語經典文學連結，他甚至在最關鍵的一幕裡埋下了一根暗樁：我指的是，米夏初次偷窺漢娜彎腰曲腿穿絲襪的那一幕（頁三十二）。這一段記憶不但令他永難忘懷，甚至一定程度地成了他日後交友乃至婚姻生活裡跨不過去的一道鴻溝。米夏日後老叫各任女友試擺穿絲襪的姿態給他看，卻無一能喚回他當初看到漢娜專心穿絲襪那一幕而身心皆為之震撼的悸動。細心的讀者當即意識到，作者在勾喚德語文學經典大師克萊斯特（Heinrich von Kleist, 1777-1811）小品文〈論傀儡戲〉（ber das Marionettentheater,1810）裡面有關古希臘／羅馬一座名為〈拔刺的男孩〉的雕像之哲思闡述。若依克萊斯特的評論，啟蒙

5. 漢娜曾經在監牢裡靜坐抗議，直到圖書室遭到削減的經費被恢復。（頁二二一）
6. 他為漢娜郎第一次在做愛前朗讀的文學作品，好巧不巧，挑中的就是德國啟蒙時期的第一文學大師萊辛（Gotthold Ephraim Lessing, 1729-1781）的一部劇作。

後的人類因擁自我意識而難再回到「無意識」的「天真」狀態，於是矯情做作、虛假失真乃因之而起。無自我意識即無處可惹塵埃，此乃克萊斯特看法。若意識越強，則塵埃越濃，罪孽亦愈重也。依其見，則啟蒙是乃墮落之源頭也，這點和算是同時代的哲學家康德（1724-1804）的啟蒙正面說是對衝的。而特別值得一題的是，徐林克在此小說中同樣亦以未指名的方式將康德納入米夏對自學識字的漢娜之描述裡：米夏知道漢娜不再是文盲後，認為「文盲等同於未成年，漢娜有勇氣去學習讀寫，藉此她就從未成年朝著成年邁出了一步，啟蒙的一步」。（頁二〇四）這句話，毫無疑問，就是框自哲學大儒康德出版於一七八四年的那篇題為〈答：何謂啟蒙？〉（Beantwortung der Frage: Was ist Aufklärung?）文章開宗明義的第一句話：「啟蒙就是人類從其咎由自取的未成年狀態所跨出去的那一步[7]」。藉此，徐林克暗示了，「身為文盲的漢娜，不識字反而得以保無辜」，亦即，擔任納粹集中營管理員是為了避免「文盲之恥」被發現、而非明知故犯地成了納粹罪孽的幫兇。此詮釋是否為真，可以漢娜脫離文盲後的作為檢驗之果然，後續情節的發展證明了，的確如此。只是，漢娜對「文盲」的羞恥乃昇華為對「罪孽」的羞愧，終而做了「繼續苟活將無以贖罪」的決定。8

最後，有些讀者或許會注意到，小說到了尾聲，就在倒數第二段，兩次出現了一個帶有「Sucht」的字，與小說開端的「Gelbsucht」不同的是，這回是幾乎唯一帶有正面的「Sucht」：「Sehnsucht」，「渴望、盼望」之義。這裡講的固然是留存人間的米夏在渴望、思念著年少時和漢娜曾有的那一段體驗，是一種「「日暮相關何處去」的「思鄉」（Heimweh）帶有的淡淡哀愁的那種，是當年和漢娜「思鄉授受」的那種。

帶著這樣的心情，米夏達成漢娜遺書裡交代的任務返回德國後，即以漢娜的名義將她那七千馬克捐給某「猶太人克服文盲協會」。而收到該協會寄來一封感謝函之後，米夏第一次驅車前往漢娜埋身的墓園，口袋裡放著那封給漢娜的感謝函。我想，米夏應該是在漢娜的墓前喃喃說著「我願意為妳朗讀」後，

7. Aufklärung ist der Ausgang des Menschen aus seiner selbstverschuldeten Unmündigkeit.
8. 當然，也不排除出獄後的無著加上與米夏不可能再續前緣等，皆是其自盡的部分因素。

朗讀了那封感謝函給漢娜聽，最後一次的朗讀。從此，他沒再去過。

小說至此結束。在朗讀，宣讀，閱讀之後，我的導讀亦是。

譯序——

他的故事，她的故事

本書譯者　姬健梅

作者曾說這是米夏的故事，要探討的是戰後一代該如何面對犯下納粹罪行的上一代。作者生於一九四四年，和一九四三年生的米夏屬於同一個世代，他所寫的就是他自己那一代人的故事。故事從米夏的視角來敘述，鋪陳了他從十五歲到五十歲的人生與心路歷程。相形之下，我們對於漢娜的心路歷程則一無所知。關於她的前半生，米夏能問出來的就只有四句話：「她在錫本布爾根長大，十七歲時來到柏林，成為西門子工廠的女工，二十一歲時加入軍隊。」不過，如果把這四句話放進歷史背景中，我們就有了很大的想像空間。

首先，漢娜並非出生於德國本土，而屬於羅馬尼亞的德裔族群。錫本布爾根有七百多年的時間都屬於匈牙利王國，直到一次大戰結束，奧匈帝國瓦解，才劃歸當時新成立的羅馬尼亞。新政府缺乏治理多元族群的經驗，造成德裔族群的不滿，許多人因此移居德國。而在納粹掌權之後，這個族群中也有許多人受到納粹所鼓吹的德國國族主義蠱惑，從而加入了黨衛軍。

其次，漢娜生於一九二二年，她十七歲那年正是二次大戰展開之際，她之所以離鄉背井來到一千四百公里之外的柏林想來也和戰爭有關，很可能也在戰爭中失去了家人。

而西門子工廠在納粹政權下的主要任務就是替德軍生產軍備，隨著戰事擴大，軍備需求增加，工廠不斷擴增，需要的工人也愈來愈多，加上役齡男子陸續被徵召入伍，女工的人數就相對增加。在缺工情況日益嚴重時，工廠也向國外招募員工，到了戰爭末期也有戰俘和囚犯被迫在工廠工作。有鑑於工廠與軍方的密切關係，黨衛軍會到工廠來徵求婦女擔任守衛也就不足為奇。

當漢娜因不願被揭露為文盲而拒絕升遷，被納粹招募成為守衛似乎也就順理成章。金髮藍眼的她也符合納粹所吹捧的雅利安人形象，這或許也帶給自尊心極強的她一絲自豪。

至此，我們看見的是一個目不識丁的少女在戰爭期間遠離家鄉，來到舉目無親的柏林，成為軍備工廠的女工，很可能被第三帝國的文宣洗腦，而後成為納粹迫害猶太人的國家機器裡的一枚小螺絲釘。

四句話就足以勾勒出一幅戰火浮生的速寫，這就顯出了作者的功力。雖然書中著墨較多的是米夏的故事，但漢娜的故事縱使多處留白也仍舊令人低迴。她所代表的不僅是成為納粹共犯的一代，也代表了被戰爭剝奪的一代，失去了過正常生活的機會。

在服刑十八年後，漢娜對米夏說：「我一直覺得反正沒有人了解我，沒有人知道我是什麼樣的人，沒有人知道是什麼讓我走到這一步，讓我做出那些事。而你知道嗎？如果沒有人了解你，就也沒有人能夠要求你為自己的行為作出解釋。」

作者終究沒有讓漢娜道出自己的心路歷程，但是他給了我們線索，讓我們能夠試圖去理解。「如得其情，則哀矜而勿喜」，一本動人的小說讓我們學會悲憫。

第一部

／ 1 ／

十五歲那年我患了黃疸。那場病於秋天發作，到隔年春天才好。隨著天氣愈來愈冷，黑夜愈來愈長，我也愈來愈虛弱，直到新年來到，病情才漸漸好轉。一月裡天氣溫暖，母親替我把床移到陽台上。我看見天空、太陽和雲彩，聽見孩童在院子裡玩耍。二月裡的一個傍晚，我聽見一隻烏鶇在歌唱。

我們家住在布魯門街一棟巍峨宅邸的二樓，房子建於二十世紀初。病癒後第一次出門，我從布魯門街走到邦霍夫街。十月裡的一個星期一，我在放學回家途中曾在那條街上吐了。那時我已經連續好幾天感到前所未有的虛弱，每走一步都很吃力。在家裡或學校要爬樓梯時，一雙腿幾乎支撐不住。我也沒有食慾，即使在餐桌旁坐下時飢腸轆轆，沒多久就感到反胃。早晨醒來時口乾舌燥，覺得五臟六腑彷彿都移了位，沉甸甸的在我體內。身體如此虛弱讓我覺得很丟臉，嘔吐時尤其感到丟臉。那也是以前不曾發生在我身上的事。胃裡的東西湧進嘴裡，我試圖嚥下去，閉緊雙唇，用手掩住嘴巴，但是那些東西穿過我的手指從我嘴裡噴出來。我撐著一棟房屋的牆壁，看著腳邊的嘔吐物，又嘔出半透明的黏液。

一個婦人過來關心我，她的動作幾乎有點粗魯，一把抓起我的手臂，帶我穿過那棟房屋的陰暗過道，走進內院。院子上方在窗戶與窗戶之間拉起了繩子，晾曬著衣物。院子裡堆放著木柴，一間敞開的工坊裡鋸子滋滋尖叫，木屑紛飛。在進入院子的門邊有一個水龍頭。婦人扭開了水龍頭，先洗了我的手，再用雙手接了水潑在我臉上，我用手帕把臉擦乾。

「你拿另外一個！」水龍頭旁邊擺著兩個水桶，她拿起一個，裝滿了水。我拿起另一個，裝了水，跟著她穿過走道。她掄起手臂，把那桶水啪地潑在人行道上，把那堆嘔吐物沖進排水溝，從我手裡接過水桶，把人行道又沖了一次。

她站直了身子，看見我在哭，驚訝地說了聲「孩子啊，孩子」，便伸手把我摟進懷裡。我幾乎不比她高，感覺到她的胸脯貼著我的胸，在擁抱中聞到自己嘴裡難聞的氣味和她身上新鮮的汗味，不知道該把手臂往哪兒擺，我停止了哭泣。

她問我住在哪裡，把水桶擱在走道上，送我回家。她走在我旁邊，一隻手拿著我的書包，另一隻手扶著我的手臂。從邦霍夫街走到布魯門街並不遠，她走得很快，帶著一種果斷，讓我自然而然跟上她的腳步。在我們住的那棟樓前，她向我道別。

就在那一天，母親請了醫生來，而醫生診斷出我患了黃疸。後來我向母親提起那個婦人。若非如此，我不認為我會再去拜訪她。但是母親認為我理所應當要去道謝，等我的病好了，就該用我的零用錢買一束花，前去自我介紹並且表示謝意。於是，我在二月底時步行前往邦霍夫街。

2

邦霍夫街那棟屋子如今已經不在了。不知道是在何時拆除的，也不知道為何被拆。我離開故鄉已許多年了。現在那棟房子建於七〇或八〇年代，有五層樓和一層可居住的閣樓，捨棄了凸窗和陽台，粉刷得光滑明亮。門鈴的數目很多，表示屋裡隔成了許多小公寓。房客遷進遷出，就像租車還車一樣。一樓如今是家電腦商店，從前則開了一家藥妝店、一家食品行和一家錄影帶出租店。

以前那棟房子與現在這棟房子高度相同，但只有四層樓，一樓由金鋼石拋光的大塊砂岩建造而成，上面三層則是磚砌的，嵌著由砂岩建造的凸窗、陽台和窗框。門口有幾級台階通往一樓和樓梯間，下寬上窄，兩側都砌了邊牆，上面嵌著鐵欄杆，下方末端以螺旋形收束。大門兩側有柱子，門楣兩端各刻著一頭獅子，分別望向邦霍夫街的兩端。那個婦人帶我走進內院取水的入口是這棟房屋的側門。

這棟屋子在這一排房屋當中特別顯眼，我從小就注意到。那時我心想，假如它想變得更寬、更重，相鄰的房屋就必須往旁邊挪動，讓出位置來。我想像屋裡的樓梯間有灰泥壁飾，還掛著鏡子，樓梯上鋪著狹長的地毯，織著中東風格的花紋，用擦得晶亮的黃銅桿固定在每一級梯階上。我料想在這樣體面的屋子裡也住著體面的人，不過，由於房子年代久遠，又被火車的濃煙燻黑，我也把那些體面的住戶想像得陰沉古怪，也許聾了或啞了，駝了或瘸了。

在往後的歲月中，我一再夢見這棟屋子。那些夢境都很相似，是同一個夢和同一個主題的變奏。夢中我步行穿過一座陌生的城市，然後在一個我不認識的城區看見這棟房子矗立在一排房屋當中。我繼續往前走，心中疑惑，因為我認得這棟屋子，卻不認得這個城區。接著我想起自己曾經見過這棟房子。但我想到的並非家鄉那條邦霍夫街，而是另一座城市或另一個國家。例如，夢中我在羅馬看見了這棟屋子，想起我在伯恩就曾見過它。夢中的這個記憶令我心安，在異地再見到這棟屋子並不比在異地與老朋友巧遇更令我訝異。我掉個頭，朝這棟屋子走去，走上那些台階，我想要進去，我按下了門把。

如果我是在鄉下看見這棟屋子，那個夢就比較長，或是我在事後更記得夢中的細節。我開著車，看見這棟屋子在我右手邊，然後繼續行駛，起初只是想不透一棟顯然屬於城市街道的房子竟會矗立在空曠的原野上。接著我想起來自己曾經見過這棟房子，於是更加大惑不解。如果我記起曾在何處見過它，我就掉頭往回開。夢中那條馬路總是空蕩蕩的，我能猛然掉頭，使得輪胎發出尖銳的摩擦聲，再以高速往來時的方向行駛。我擔心會到得太遲，於是開得更快。然後我就看見了它。它被田野圍繞，油菜田、黑麥田，或是伐爾茲地區的葡萄園，還是普羅旺斯的薰衣草田。那個地方地勢平坦，頂多微有丘陵起伏，沒有樹木。天氣晴朗，陽光照耀，空氣閃著微光，馬路在豔陽下閃閃發亮。那些防火牆使得這棟屋子看起來與世隔絕，無法進入。那可以是任何一棟房子的防火牆。這棟屋子並不比邦霍夫街上那一棟更陰森，但是窗戶都蒙著厚厚的灰塵，讓人辨識不出屋裡的東西，就連窗簾都看不清。這是棟盲眼的屋子。

我把車子停在路邊，穿過馬路走向門口。看不見一個人影，聽不見一絲聲響，就連遠方的引擎聲、風聲、鳥鳴都聽不見，世界一片死寂。我走上台階，按下門把。

但是我沒有把門打開，我醒了過來，只記得自己剛才握住門把往下按，接著我想起了整個夢境，也想起自己以前就作過這個夢。

3

我不知道那個婦人姓什麼，我手裡拿著花束，站在門口那些門鈴前面猶豫不決。本來我想掉頭回去，但一個男子從屋裡走了出來，問了我要找誰，便叫我上三樓去找施密茲小姐。

沒有石膏壁飾，沒有鏡子，沒有地毯，這個樓梯間原本或許曾有過和這棟房屋的堂皇外觀並不相稱的樸素之美，但這份美早已消逝。梯階的紅漆在中央已被踩得斑駁，黏貼在樓梯旁邊牆上與肩同高的綠色油氈已經磨損，欄杆上缺了鐵條的地方綁上了綳緊的繩子替代。空氣中彌漫著清潔劑的氣味，這一切也有可能是我後來才注意到的。那裡總是一樣寒傖，一樣乾淨，總是有股相同的清潔劑氣味，有時摻雜著甘藍菜或豆子的味道、煎炸食物的味道，或是用沸水煮洗衣物的氣味。關於這棟屋子裡的其他住戶，我所知道的就只有這些氣味，還有各間公寓門前的踏腳墊和門鈴按鈕下方的名牌，我不記得曾在樓梯間裡遇見過另一個住戶。

我也記不得我是怎麼向施密茲小姐打招呼的了，也許是我預先想好了幾句話，關於我的病、她的協助和我的感謝，當著她的面背了出來，她帶我走進廚房。

廚房是那間公寓裡最大的房間。裡面擺著爐灶和洗碗槽、浴缸和熱水爐、一張桌子和兩把椅子、一個碗櫥、一個衣櫥和一張沙發，沙發上鋪著一條紅色絲絨毯子。廚房裡沒有窗戶，光線透過通往陽台那扇門上的玻璃照進來，能透進來的光線不多，只有當那扇門敞開時，廚房裡才是明亮的，這時就會聽見鋸子的滋滋聲從院子裡那間木工坊傳出來，也會聞到木料的氣味。

公寓裡還有一間窄小的客廳，擺著櫥櫃、一張桌子、四把椅子、一張高背單人沙發和一個火爐。這個房間在冬天裡幾乎從來沒生過火，在夏天裡也幾乎從未使用。窗戶面向著邦霍夫街，可以看見舊火車站的站區被挖得亂七八糟，有些地方已經打好地基，準備要建造新的法院建築和政府機關。最後，公寓裡還有一間沒有窗戶的廁所。如果廁所裡有臭味，走道上就也會聞到。

我也不記得我們在廚房裡都說了些什麼，施密茲小姐正在熨燙衣物。她把一條毛毯和一塊麻布鋪在桌上，把籃子裡的衣物一件一件地拿出來，熨過，摺好，擺在一張椅子上，我則坐在另一張椅子上。她也熨燙她的內衣褲，我不想看，卻也無法不看。她穿著一件無袖的圍裙式洋裝，藍底，綴著紅白小碎花。她把及肩的灰金色頭髮用髮夾束在頸後，赤裸的雙臂顏色蒼白。她拿起熨斗，用過之後擱下，把衣物摺好，擺在一邊，雙手的動作緩慢而專注。而她移動身體，彎下腰再站直的動作也同樣緩慢而專注。在我的回憶裡，她日後的面容與她當時的面容重疊，當我在眼前喚出她當時的模樣，所出現的她沒有臉孔，我必須重新建構出那張臉：高高的額頭，高高的顴骨，淺藍色的眼睛，豐滿的嘴唇弧線均勻，沒有凹陷、有力的下巴。一張女性化的臉，臉盤略大，不易親近。

我知道當年我覺得那張臉很美，但如今我卻想不起它的美。

／4／

當我站起來打算離去，她說：「等一下，我也要出門，我陪你走一段。」

我在玄關走道上等。她在廚房裡換衣服。門虛掩著。她脫下那件圍裙裝，穿著淺綠色襯裙站在那兒。椅背上掛著兩隻長襪，她拿起一隻，用雙手交替收拉，把襪子收攏成短短一圈。她用單腳站立，把另一隻腳的後跟頂在這條腿的膝蓋上，彎下腰，把那隻捲起來的襪子套上腳尖，再把腳尖擱在椅子上，把襪子順著小腿肚、膝蓋和大腿往上拉，然後身體傾向一側，用襪帶把襪子固定住。她直起身子，把腳從椅子上放下，再伸手去拿另一隻襪子。

我無法把視線從她身上移開，我看著她的後頸和肩膀，襯裙下若隱若現的乳房，繃緊了襯裙的臀部，當她用腳頂住膝蓋再把腳擱在椅子上，她起初赤裸蒼白的腿在穿上襪子以後閃著絲質的光澤。

她感覺到我的目光，在伸手去拿另一隻襪子時停了下來，轉身面向著門，直視著我的眼睛。我不記得她是怎麼看著我的，是訝異？詢問？了然於心？還是責備？我臉紅了，一張臉熱燙燙的，站了一會兒就站不住了。我衝出公寓，跑下樓梯，跑到了街上。

我放慢了腳步走著，邦霍夫街、豪瑟街、布魯門街，這是我許多年來上學所走的路。我認得每一棟房屋、每一座庭園和每一道籬笆，有的籬笆每年都重新油漆，有的籬笆的木頭已經殘舊腐朽，用手就能捏碎，有些鐵籬笆在我小時候曾被我一邊跑一邊用木棍把鐵條敲得叮叮咚咚響。還有那堵高高的磚牆，我曾幻想牆後面有著神奇美妙和可怕嚇人的東西，直到我爬得上去了，發現牆裡只有一排排平凡無奇、乏人照料的花圃、莓果圃和菜圃。我熟悉街道上的鋪石路面和柏油路面，也熟悉人行道上路面材質的變換，從鵝卵石、鋪成波浪形狀的小塊玄武岩、瀝青到碎石。

這一切都是我熟悉的。當我的心跳不再加速，臉頰不再發燙，在廚房和玄關走道之間那一幕已經遠去。我氣我自己，我像個小孩一樣跑走了，沒有依照我對自己的期許沉著應對。我十五歲了，不再是九歲小孩。然而，什麼樣的反應算是沉著應對？這對我來說仍是個謎。

另一個謎則是在廚房和玄關走道之間那一幕本身，為什麼我無法把視線從她身上移開？她的身體十分強健也十分女性化，比我喜歡看的那些女孩來得豐滿。假如我是在游泳池看見她，我很確定她不會引起我的注意，而她裸露的部位也不比我在游泳池見過的女孩和婦人更多。何況她的年紀要比我夢想中的女孩大得多，超過三十歲？對於我們尚未親身經歷也並非即將邁入的年紀，是很難猜得準的。

多年以後，我想到我之所以無法把視線從她身上移開，並非單純由於她的身材，而是由於她的姿態與動作。我會請我的女朋友穿上絲襪，但我不想加以解釋，不想述說當年在廚房與玄關走道之間那謎樣的一幕，因此對方會以為那是種帶有情色意味的癖好，以為我喜歡蕾絲吊襪帶，而對方若是答應我的請求，就會擺出挑逗的姿勢，但是這並非當年使我無法移開視線的原因。當時她並沒有擺姿勢，也沒有挑逗之意，我也不記得她曾在其他情況下擺出過挑逗的姿勢。我記得她的身體、姿態和動作有時顯得遲鈍，並不是說她有多麼笨重，而是說她似乎縮回了她身體內部，把身體交給了身體自有的平靜節奏，不受大腦干擾，從而忘了外在的世界，這份對世界的遺忘也流露在她穿上絲襪的姿態與動作中。但她在這一刻的姿態與動作並不遲鈍，而是流暢、嫵媚、誘人，誘人之處不在於胸脯、臀部和大腿，而在於它邀請你在身體的深處忘了這個世界。

這一點在當時我並不明白，意思是如果我現在明白了，而不只是勉強找到解釋。然而，就在我當年思索著是什麼令我心旌蕩漾時，心旌就又蕩漾起來。為了解開這個謎，我把那一幕喚回記憶中，先前由於我把它視為謎題而拉開的距離消失了，一切又浮現在我眼前，而我又一次無法把視線移開。

5

一個星期後，我又站在她家門口。

一整個星期以來我努力不要去想她，但是沒有別的東西來佔據或轉移我的心思。醫生還不准我去上學，看了好幾個月的書已經令我厭煩，而朋友雖然會來看我，但我已經病了太久，他們的探望已無法在我們彼此的日常生活之間搭起橋樑，於是探望的時間也愈來愈短。醫生要我去散步，每天都再多走一點路，但不要太勞累，而我倒是需要更勞累一點。

在童年和少年時期生病，那真是段被施了魔法的時光！外面的世界，院子、庭園或街道上的休閒生活只隨著隱約的聲響進入病房。在病房裡滋長的是另一個世界，充斥著病人所閱讀的故事與人物。發燒削弱了知覺，增強了想像，使得病房成為一個全新的空間，既熟悉又陌生。怪物從窗簾和壁紙的花紋裡齜牙咧嘴地冒出來，桌椅、書架和櫥櫃堆疊成山嶺、建築或船隻，彷彿伸手可及，卻又十分遙遠。陪伴病人度過漫漫長夜的是教堂按時敲響的鐘聲，偶爾從旁轟轟駛過的汽車，還有在牆壁和天花板上遊走的車燈反光。那是些無眠的時刻，但不是失眠的時刻，不是有所匱乏的時刻，而是豐饒的時刻。思念、回憶、恐懼和慾望構成了迷宮，病人在其中迷失自我又發現自我，之後又再度迷失。在那些時刻裡一切都成為可能，不論是好是壞。

如果病情好轉，這種情況就會減輕。可是疾病若是持續得夠久，那麼病房就遭到浸染，就連不再發燒而逐漸康復的病人也仍會在迷宮中迷失。

我每天早晨醒來時都感到良心不安，有時睡褲濕了或是弄髒了。我夢中的影像和場景是不妥當的。我知道母親、牧師和姊姊雖然不會責備我，但會以一種關心而擔憂的方式告誡我，那比責備更糟。牧師在我行堅信禮之前曾替我上課，他也是我所尊敬的人；姊姊則是我吐露兒時秘密的對象。尤其不妥當的是，當我並未被動地夢見那些影像和場景時，我甚至會主動地去想像。

我不知道我去找施密茲小姐是哪兒來的勇氣，難道是道德教育在某種程度上起了反作用？如果思慕的目光就和滿足慾望一樣糟，如果主動的幻想就和所幻想的行動一樣糟，那麼何不選擇滿足和行動？我日復一日體驗到自己擺脫不了這些罪惡的念頭。既然如此，那麼我就想要罪惡的行動。

另外還有一個考量，去找她可能是危險的，但這份危險其實不可能成真。施密茲小姐會訝異地和我打招呼，聽取我為自己之前的怪異舉止道歉，然後和氣地向我道別。不去找她反而更危險，我可能會擺脫不了我的幻想。所以，去找她是正確之舉，她會表現得很正常，我會表現得很正常，一切都會再恢復正常。

當時我就這樣自圓其說，出於慾念而作出了一番怪異的道德考量，使我不安的良心不再吭聲，但是這並沒有給我去找施密茲小姐的勇氣。我想出一番道理，說明為什麼母親、姊姊和我所尊敬的牧師若是經過徹底考慮，就不該阻止我去找她，反而該要求我去找她，這是一回事；實際上去找她的理由則完全是另一回事。我不知道當年的我為什麼那麼做，但如今我在當年所發生的事裡，看出了這些思考與行動在我這一生中的互補模式或互斥模式。我思考，得出一個結論，把結論化為決定，然後體驗到付諸行動是另一回事。決定可以化為行動，但不是非化為行動不可。在我這一生中，我常常去做了我並未決定的事，也常常沒有去做我決定了的事。是「它」採取了行動，不管這個「它」是什麼。是「它」開車去找那個我不想再見到的女人，是「它」對上司發表了那番斗膽的意見，是「它」繼續抽菸，雖然我下定決心要戒菸，而在我承認自己是個癮君子，永遠改不了之後，「它」卻放棄了抽菸。我的意思並不是說思考和決定對於行動沒有影響。但是行動並非只是去執行先前所思考和決定的事。行動有自己的源頭，並且以同樣自主的方式源自於我，一如我的思考源自於我，而我的決定也源自於我。

6

她不在家，那棟樓的大門虛掩著，我爬樓梯上樓，按了鈴，等待著。又按了一次鈴。隔著公寓門上的玻璃，我看見裡面房間的門是敞開的，認出玄關走道上的鏡子、衣帽架和時鐘，聽得見時鐘滴滴答答地走著。

我坐在樓梯台階上等待，一般人若是在作出決定時感覺不太對勁，並且擔心其後果，就會慶幸自己在付諸行動之後能免於承擔後果，但我並沒有這種鬆了一口氣的感覺，我也並不感到失望。我打定了主意要見到她，要等到她回來。

屋裡玄關走道上的時鐘每隔十五分鐘就敲響一次，我試圖隨著那一聲聲輕輕的滴滴答答，數完從一次鐘響到下一次之間的九百秒，卻總是一再分心。院子裡木工坊的鋸子滋滋作響，從一間公寓裡傳出人聲或音樂，一扇門打開又關上。然後我聽見有人踩著規律而緩慢的沉重腳步走上樓來，我希望這個人是住在二樓。否則對方要是看見我，我該如何解釋我在這裡做什麼？但是腳步聲沒有停在二樓，而是繼續往上走，我站了起來。

來人是施密茲小姐。她一隻手裡提著一桶焦煤，另一隻手裡提著一桶煤磚。她穿著一套制服，包含外套和裙子，於是我看出她是個電車車掌。她一直走到這層樓的樓梯平台才注意到我，她並沒有露出生氣、詫異或嘲弄的表情，我先前所擔心的情況都沒有發生，她一臉疲倦，當她把煤炭擱在地上，在外套口袋裡翻找鑰匙，幾個硬幣叮叮咚咚地掉在地上，我拾了起來，遞給她。

「地下室裡還有兩個桶子，你去裝滿然後提上來好嗎？門是開著的。」

我跑下樓去。通往地下室的門是敞開的，裡面亮著燈，在長長的樓梯底部是一間用木條搭建的棚子，門只虛掩著，打開的鏈條鎖掛在門閂上。裡面的空間很大，焦煤一直堆到天花板下方的活板門，那些煤炭就是透過這個活板門從街上卸進來的，門的一邊是堆得整整齊齊的煤塊，另一邊則擺著那兩個煤桶。

我不知道我做錯了什麼，在家裡我也會去地下室取煤，從來沒有出過差錯，只不過家裡的焦煤沒有堆得這麼高。裝第一桶時很順利，可是當我抓住第二桶的把手，打算拾起地上的焦煤時，那座煤山動了起來。大大小小的煤塊紛紛落下，小塊的蹦得比較遠，大塊的蹦得比較近，下面則滑動起來，在底部滾動推移，黑色的煤塵揚起如雲。我嚇得站住不動，也被一、兩塊煤擊中，沒多久，焦煤就堆到了我的腳踝。

等那座煤山安靜下來，我從焦煤中跨出去，把第二桶裝滿，找到了一把掃帚，把滾落在地下室走道上的煤塊掃回棚屋裡，再鎖上門，提著那兩桶焦煤上樓。

她已經脫掉外套，鬆開領帶，解開了最上面一顆鈕釦，拿著一杯牛奶坐在餐桌旁。見到我，她笑了，起初是有所克制地咯咯輕笑，接著就放聲大笑，她用手指著我，另一隻手往桌上一拍。「瞧瞧你這副模樣，孩子，瞧瞧你這副模樣！」我隨即也在洗碗槽上方的鏡子裡看見了自己那張黑臉，於是也跟著笑了。

「你這副樣子不能回家，我放一缸水讓你洗個澡，再替你把衣服拍打乾淨。」她走向浴缸，扭開了水龍頭。熱騰騰的水嘩啦啦地流進浴缸裡。「把你的衣服脫掉，小心一點，我可不想要廚房裡沾上黑色的煤灰。」

我躊躇再三，脫掉了毛衣和襯衫，就又猶豫起來。水位上升得很快，浴缸裡的水就快接滿了。

「難道你要穿著鞋子和長褲洗澡嗎？孩子，我不會看你的。」可是當我關掉水龍頭，把內褲也脫掉時，她冷靜地打量著我。我臉紅了，爬進浴缸，潛入水中。等我浮出水面，她已拿著我的衣物站在陽台上，我聽見她把兩隻鞋子互相拍打，再把長褲和毛衣抖一抖。她朝著樓下大聲說了句什麼，提到了煤灰和鋸木屑，樓下的人也大聲往樓上回喊，她笑了。回到廚房，她把我的衣物擱在椅子上，只飛快地瞥了我一眼。「用那瓶洗髮精把頭髮也洗一洗，我待會兒就拿浴巾過來。」她從衣櫥裡拿了點東西，就走出了廚房。

我洗了澡，浴缸裡的水髒了，我又打開水龍頭，讓清水流出來，在水柱下把頭臉沖洗乾淨。然後我就躺在浴缸裡，聽見熱水爐轟轟低鳴，臉上感覺到從廚房門縫裡吹進來的涼風，身上感覺到那溫暖的水，我覺得很舒暢。那是一種挑逗感官的舒暢，我勃起了。

當她走進廚房，我沒有抬起頭來，直到她站在浴缸旁邊，她用張開的雙臂把一條大浴巾撐開。「來！」我背對著她站起來，爬出了浴缸。她從後面把我從頭到腳裹進浴巾，再替我擦乾，然後就讓浴巾落在地上，我一動也不敢動，她離我那麼近，我感覺到她的乳房貼在我背上，她的腹部貼著我的臀部，她也光著身子，她用一雙手臂摟住我，一隻手擱在我胸部，另一隻手擱在我勃起的性器上。

「你來這裡不就是為了這個！」

「我……」我不知道該說什麼。不能說「是」，卻也不能說「不是」。我轉過身。我們站得太靠近，我能看見的有限，但是她的裸體就在眼前令我心旌蕩漾。「妳真美！」

「唉，孩子，別胡說了。」她笑了，用一雙手臂摟住我的脖子，我也摟住了她。

我心中害怕：害怕碰觸，害怕親吻，怕我無法討她歡心，無法令她滿足。但是當我們相擁片刻，當我聞到她的氣味，感覺到她的體溫和力道，一切就都變得自然而然。我用手和嘴探索她的身體，我們四唇相接，然後她壓在我身上，看著我的眼睛，直到我達到高潮。我緊緊閉上眼睛，起初努力想控制住自己，然後大聲叫了出來，聲音大到她用手摀住我的嘴，壓下了那叫聲。

／7／

那天夜裡，我愛上了她。我睡得不沉，渴望著她，夢見了她，自以為碰觸到她，直到我發現自己抱著枕頭或是被子，我的嘴由於親吻而作痛。我的性器一再勃起，但我不想自慰，我再也不想自慰了；我想和她在一起。

愛上她是我所付出的代價嗎？因為她和我上床？直到如今，在和一個女人共度一夜之後，我就會覺得自己受到了溺愛，必須要報答。在她面前是如此，在我所面對的世界面前也是如此，而我報答她的方式是我至少會試著去愛她。

在我幼年少數鮮明的記憶中，我記得四歲那年冬天的一個早晨，當時我睡的房間沒有暖氣，夜裡和早晨往往很冷。我記得溫暖的廚房和熾熱的爐灶，那是個沉重的鐵器，如果用鉤子把爐面和鐵圈拉開，就能看見爐中的火焰，而爐子裡總是備有一盆熱水。母親把一張椅子拉到爐前，我站在椅子上，她替我洗澡，替我穿衣服，我記得那份溫暖舒適的感覺，記得在這種溫暖中洗澡穿衣帶給我的享受。我也記得每當我回想起這個情景，就會納悶母親為什麼這樣寵我，是我生病了嗎？還是兄弟姊妹得到了什麼東西而沒有我的份？還是在那一天當中我將得要忍受什麼不愉快的事或困難的事？

也因為那個女人（當時我還不知道該喊她什麼）那天下午對我那般寵溺，我在隔天又去上學了，另外我也想要展現我所贏得的男子氣概。並非我想要炫耀，但是我覺得自己充滿力量而且高人一等，想帶著這份力量和優越感去面對老師和同學。再說，我雖然沒有和她談起這件事，卻想像得到她身為車掌經常得工作到傍晚或深夜。如果我只能待在家裡，身為康復中的病人只准出去散散步，又怎麼能夠每天見到她？

當我從她那兒回到家裡，爸媽和我的兄弟姊妹已經坐在晚餐桌旁。「你為什麼這麼晚回來？你母親很擔心你。」父親的口氣聽起來是生氣勝於擔心。

我說我迷路了，說我本來打算散步經過陣亡將士公墓到摩爾根庫爾去，可是走了很久都沒走到，最後走到了努斯洛。「我沒帶錢，只好從努斯洛走回來。」

「你應該搭便車的。」妹妹偶爾會搭便車，但爸媽並不贊成她這麼做。哥哥不屑地哼了一聲。「摩爾根庫爾和努斯洛是兩個完全不同的方向。」

姊姊用審視的目光看著我。

「我明天就回去上學。」

「那你上地理課的時候就專心一點，分清楚南邊和北邊，太陽升起的方向是……」

母親打斷了哥哥。「醫生說還要三個星期。」

「如果他能經過陣亡將士公墓走到努斯洛再走回來，那他就也可以去上學，他不是沒體力，而是沒腦筋。」小時候我和我哥經常打架，後來則是鬥嘴。他比我大三歲，不管是打架還是鬥嘴都比我強。後來我就不再回嘴，讓他的挑釁撲個空，從那以後他就只限於對我冷嘲熱諷。

「你認為呢？」母親向父親求助。他把刀叉擱在盤子上，向後靠坐在椅背上，雙手在腿上交疊。他沉默不語，露出深思的表情，每次母親為了孩子或家裡的事問起他的意見時，他就是這副表情。每次我都納悶他是否真的是在思考母親問他的問題，還是在思考他的工作。或許他也嘗試去思考母親提出的問題，可是一旦陷入思考，就免不了想起他的工作，他是哲學教授，思考是他的生命，思考、閱讀、寫作和授課。

有時候我會覺得身為家人的我們對他來說就像是寵物，就像帶出去散步的狗、陪你玩耍的貓，還有蜷縮在你腿上、打著呼嚕、讓你撫摸的貓，你可能會喜歡，甚至談得上需要。儘管如此，購買飼料、清理貓砂、去看獸醫這些事其實就夠煩了，因為他生活的重心在別處。我曾經希望身為家人的我們就是他生活的重心，有時候我也希望愛發牢騷的哥哥和調皮搗蛋的妹妹會有所不同。可是在那天晚上，我忽然好愛他們每一個。拿我妹妹來說，生為四個兄弟姊妹當中的老么也許並不容易，如果不調皮搗蛋，可能無法在家中佔有一席之地。我哥哥和我共用一個房間，這對他來說肯定比對我來說更不好受，何況自從我生病，他只好把房間全部讓給我，自己睡在客廳的沙發上。他怎麼會不抱怨呢？至於我父親，憑什麼我們這幾個孩子就該是他生活的重心？我們一天天成長，不久之後就會長大離家。

我覺得我們彷彿是最後一次圍坐在這張圓桌旁，在那個有五個燈臂的黃銅支形吊燈下面，最後一次用那些盤緣飾有綠色藤蔓花紋的舊盤子吃飯，最後一次如此親密地交談。我覺得自己像是在道別。我人還在，但心已遠去，我想念母親、父親和兄弟姊妹，卻也渴望和那個女子在一起。

父親朝我看過來。「『我明天就回去上學』，剛才你是這樣說的，對嗎？」

「對。」所以說，他注意到了我問的是他，而不是母親，而且我說的並不是「我在想我是否應該再回去上學」。

他點點頭。「那我們就讓你去上學吧，如果你覺得吃不消，才再回來待在家裡吧。」

我很高興，同時覺得這番道別就此完成。

8

接下來那幾天，那個女子上的是早班。她在中午十二點回家，於是我每天都蹺掉最後一堂課，在她公寓門口的樓梯平台上等她。我們淋浴，做愛，然後我在一點半之前匆匆穿好衣服，拔腿就跑，因為一點半是家裡吃午餐的時間。星期天家裡十二點就吃午餐，不過這一天她的早班開始和結束的時間也比較晚。

我寧可略過淋浴，她卻非常愛乾淨，每天早晨都會淋浴，我喜歡她下班時帶回來的那股氣味，混合了香水、新鮮汗水和電車的氣味。但我也喜歡她濕漉漉、擦了肥皂的身體。我喜歡讓她替我擦肥皂，也喜歡替她擦肥皂，而她教我不要覺得難為情，而是帶著理所當然、徹底的佔有來做這件事。在我們做愛時，她也理所當然地佔有我。她的嘴攫住我的嘴，她的舌頭逗弄我的舌頭，她告訴我該撫摸她哪裡，該如何撫摸，而當她騎在我身上直到達到高潮，我之所以在那兒就只是因為她在我身上得到快感。並不是說她不溫柔或是沒有給我帶來快感，但是她那樣做是為了自己的樂趣，直到我也學會了去佔有她。

那是後來的事了，我始終沒有完全學會，有很長一段時間我也不覺得有此需要。我年紀輕，很快就達到高潮，當我在那之後慢慢又有了活力，我樂於讓她佔有我。當她在我上面，我看著她，看著她的腹部，在肚臍上方有一道深深的皺摺，看著她的乳房，右乳比左乳稍微大了一點點，看著她嘴巴微張的臉。她兩手撐在我胸部上，在最後一刻把雙手往上一抬，捧住了頭，喉頭發出一聲像是抽噎的無聲叫喊，第一次聽到時把我嚇了一跳，後來我則殷殷期待著這個叫聲。

事後我們都筋疲力盡，她常常在我身上睡著了。我聽見院子裡的鋸木聲，聽見鋸木工匠大呼小叫，喊聲蓋過了鋸木聲。當鋸子不再作聲，邦霍夫街的車聲就隱約傳進廚房裡。如果我聽見小孩的嬉鬧，就知道學校已經放學，已經過了下午一點，在中午時刻返家的鄰居把鳥飼料撒在他家陽台上，鴿子飛過來，咕咕叫著。

「妳叫什麼名字？」我在第六或第七天時問她，先前她在我身上睡著了，剛剛醒來。在那之前我一直避免用第二人稱來跟她說話，免得要在暱稱或敬稱之間做出選擇。

她嚇了一跳。「什麼？」

「妳叫什麼名字！」

「你為什麼想知道？」她不信任地看著我。

「妳和我……我知道妳姓什麼，但是不知道妳的名字。我想知道妳的名字，這有什麼……」

她笑了。「沒什麼，孩子，這沒有什麼不對，我叫漢娜。」她還在笑個不停，笑聲也感染了我。

「妳剛才的表情好奇怪。」

「我剛才還半睡半醒，你叫什麼名字？」

我以為她知道，那時正流行把學校用品夾在手臂下，而不是放在書包裡。當我把東西擺在她家的廚房桌上，在筆記本和書本上就有我的姓名，那時我學會了用厚紙把書本包起來，再貼上標籤，標籤上寫著書名和我的姓名，但是她沒有注意到。

「我叫米夏．貝爾格。」

「米夏，米夏，米夏。」她試著唸出我的名字。「我的小傢伙名叫米夏，是個大學生……」

「中學生。」

「……是個中學生，他……十七歲嗎？」

她替我加了兩歲，我得意地點了點頭。

「……十七歲，而等他長大了，他想成為一個有名的……」她停頓下來。

「我不知道我想成為什麼。」

「可是你很用功。」

「嗯，這個嘛。」我告訴她我把她看得比功課更重要，也想更常和她在一起。「我反正會留級。」

「留哪一級？」她坐了起來。那是我們之間首次真正交談。

「高一。前幾個月我生病的時候缺了太多課，假如我想要升級，就得拚了命地用功，這無聊透頂，現在這個時間本來我也得待在學校。」我把蹺課的事告訴了她。

「出去，」她把被子掀開。「滾出我的床，功課沒有做好就不准再來。你說你的功課無聊嗎？無聊？你以為在車上賣票、剪票很有趣嗎？」她站起來，光著身子站在廚房裡，扮演起車掌小姐。她用左手打開裝著車票簿的小皮包，用左手拇指撕下兩張車票，拇指上戴著一個塑膠頂針，再擺動右手，抓住掛在她手腕上晃來晃去的剪票鉗，剪了兩下。「到羅爾巴赫兩張。」她鬆開剪票鉗，伸手接過一張鈔票，在肚子前面打開錢包，把鈔票塞進去，再把錢包闔上，從錢包外側的零錢格裡取出硬幣來找錢。「誰還沒有買車票？」她看著我。「無聊？你哪裡知道什麼叫無聊。」

我坐在床緣，愣住了。「對不起，我會做功課。我不知道我還跟不跟得上，這個學年只剩下六個星期就要結束了。我會努力試試看，可是如果不准我來見妳，我就辦不到，我……」起初我想要說：我愛妳，但是我說不出口。也許她說得有理，她說得肯定有理，但是她沒有權利要求我更努力用功，並且把這當成我們見面的條件。「我不能不見妳。」

玄關走道上的時鐘敲響了一點半。「你該走了。」她猶豫了一下。「明天起我值正常班，五點半到家，如果你在那之前做了功課，就可以過來。」

我們光著身子面對面站著，然而即使她穿著制服，也不會顯得更拒人於千里之外。我不理解這個情況。她在乎的是我嗎？還是她自己？如果我的功課無聊，那麼她的工作才真是無聊，是這一點讓她心裡難受嗎？可是我根本沒有說我的功課或她的工作無聊啊。還是說她不想要一個不成器的情人？可是我是她的情人嗎？我在她眼中算是什麼？我穿上衣服，故意拖拖拉拉，希望她會說些什麼，但是她什麼也沒說。等我穿好了衣服，她仍舊光著身子站在那兒，當我在道別時擁抱了她，她沒有反應。

/ 9 /

回憶這段往事為何令我如此感傷？是因為懷念起已逝的幸福嗎？在接下來那幾個星期裡我的確是幸福的，我果真拚命用功，得以升級，同時我們相愛，彷彿除此之外世上的一切都不重要。還是因為如今我知道了後來所發生的事，知道了後來所揭發的事原本就存在？

為什麼？為什麼美好的事會由於藏有醜陋的真相而在回顧時有了裂痕？為什麼一旦發現配偶多年以來都另有情人，對幸福婚姻歲月的回憶就會變質？是因為人在這種情況下不可能幸福嗎？可是他的確曾經是幸福的！有時候只因為結局令人痛苦，回憶就背叛了曾有的幸福。難道幸福只有在永遠維持下去時才是真的？難道只有原本就令人痛苦的事才會痛苦地結束？即便當事人並未意識到也沒有看出？可是當事人沒有意識到也沒有看出的痛苦也算痛苦嗎？

回憶往事，眼前浮現我當年的模樣，我穿了一個富有的伯伯遺留下來的考究舊西裝，連同好幾雙雙色皮鞋，黑色配褐色，或是黑色配白色，有的是麂皮，有的是光面。我的手臂太長，腿也太長，不是對那幾套西裝來說，母親已經替我把西裝放長了，而是使我的動作不太協調。我的眼鏡是廉價的款式，頭髮不管怎麼梳都還是亂糟糟的。我在學校裡的成績不好不壞，我想很多老師並沒有注意到我，班上那些領袖人物也沒有注意到我。我不喜歡自己的模樣，不喜歡我的穿著和舉止，不喜歡我的成績，也不喜歡別人眼中的我。但是我充滿精力，相信自己有朝一日將會既英俊又聰明，高人一等並且受到欽佩，遇見新的人物和新的情況時我滿懷期待。

這是如今令我感傷的原因嗎？因為我滿腔的熱情與信心，以為人生對我有所承諾，而這個承諾卻永遠不可能兌現？有時我會在孩童和青少年身上看見同樣的熱情與信心，心中便會湧起和回首往事時一樣的感傷，這種感傷是否就是悲傷的本質？當美好的回憶在回顧時有了裂痕，因為記憶中的幸福不僅是來自當時的情境，也來自一個後來沒能兌現的承諾，這時湧上我們心頭的就是這種悲傷嗎？

而她——我應該開始用漢娜來稱呼她了，一如我當時開始用漢娜來稱呼她——當然不是靠著承諾而活，而是活在此時此地，而且只活在此時此地。

我問起她的過去，而她的回答彷彿是從塵封已久的箱子裡翻找出來的。她在錫本布爾根[1]長大，十七歲時來到柏林，成為西門子工廠的女工，二十一歲時加入了軍隊。戰爭結束後，她為了維持生計做過各式各樣的工作。她擔任電車車掌已經好幾年了，她喜歡這份工作之處在於有制服可穿，還可以走來走去，在於景色的變換和腳下轉動的車輪，除此之外她並不喜歡這份工作。她沒有家人，三十六歲。她說起這一切不像是在敘述自己的人生，而像是在敘述別人的人生，一個她並不熟悉，和她也並不相干的人。我想問得更清楚的事，她往往不記得了，而且她也不明白我為什麼會想知道她的父母後來怎麼樣了，她有沒有兄弟姊妹，她在柏林過著什麼樣的生活，她加入軍隊都做了些什麼。「你想知道的事真多啊，孩子！」

對於未來也一樣，我當然沒有打算和她結婚成家。但是我對法國小說《紅與黑》裡于連．索海爾和德．雷納夫人的關係，比他和侯爵小姐瑪蒂德的關係更感興趣，也寧願看見托瑪斯．曼筆下的人物菲利克斯．克魯爾最後投入那個母親而非那個女兒的懷抱。我姊姊那時在大學讀德語文學，她在餐桌上提起有關歌德和斯泰因夫人之間有無愛情關係的爭議，而我慷慨激昂地為之辯護，令家人大感驚訝。我想像著我們之間的關係在五年或十年後會是什麼樣子。我問漢娜她怎麼想，她卻連復活節的事都不願去想，我打算在復活節假期和她一起騎腳踏車出遊。我們可以自稱是母子，在旅館裡住同一個房間，整夜都待在一起。

說也奇怪，我對這個念頭和提議並不感到難為情，假如是和母親一起出遊，我會竭力爭取要自己住一間。我覺得以我的年紀已經不適合再由母親陪著去看醫生、去買新大衣，或是在我旅行回來時讓母親去接我。如果我和母親走在路上時遇見我的同學，我會擔心同學以為我離不開媽媽，可是我卻並不在意被人看見我和漢娜在一起，反而感到自豪，她雖然比我母親年輕十歲，年紀卻

1. 錫本布爾根（Siebenbürgen）字面上的意思是「七堡」，位於現在的羅馬尼亞，在歷史上曾經屬於匈牙利王國，早在十二世紀就有德意志人移居該地，是東歐最古老的德語聚落，在一次大戰後劃歸羅馬尼亞。

還是足以當我的母親。

如今我若是看見一個三十六歲的女子，我會覺得她年輕，可是如今我若是看見一個十五歲的男孩，我看見的是個孩子。我驚訝於漢娜給了我多少自信，我在學校的成績使老師對我刮目相看，讓我有把握得到了他們的尊重，我遇到的女生感覺得到我並不怕她們，而且喜歡我這樣，我可以自在地做我自己。

回憶照亮了我和漢娜的最初幾次邂逅，使那些情景歷歷在目，可是從我們那番談話到學年結束之間的那幾個星期在記憶中卻一片模糊。一個原因在於我們碰面和幽會的過程都很規律。另一個原因則在於我的日子從不曾如此充實，我的生活從不曾如此緊湊。當我回想起那幾個星期裡做功課的情形，我會覺得自己彷彿在書桌前坐下之後就一直坐在那裡，直到我補上了我在生病期間耽誤的所有功課，學會了所有的字彙，讀完了所有的課文，做了所有的數學證明，連結了所有的化學鍵。至於威瑪共和與第三帝國的歷史，我在病床上就已經讀過了。我們的多次幽會在我記憶中也只是一次長長的幽會。在我們那番談話之後，我們總是在下午碰面：如果她值晚班，就是從三點到四點半，否則就是在五點半。我們家是七點吃晚餐，起初漢娜總是催我準時回家。可是過了一陣子，我待的時間就不只一個半小時，於是我開始編造不回家吃晚餐的藉口。

原因在於朗讀。在我們那番交談過後隔天，漢娜想知道我在學校裡學些什麼。我說起荷馬的史詩、西塞羅的演講，還有海明威那篇講老人與大魚和大海搏鬥的故事，她想聽聽希臘文和拉丁文是什麼腔調，於是我從《奧德賽》和《反對喀提林的演講》中朗誦了幾段。

「你也學德文嗎？」

「妳的意思是？」

「你只學習外文嗎？還是說自己的母語也還需要學習？」

「我們會讀一些文章。」在我生病期間，班上讀了《愛米麗雅．迦洛蒂》[2]和《陰謀與愛情》[3]，不久之後就要針對這兩部作品寫一份報告。所以這兩部劇

2.《愛米麗雅．迦洛蒂》（Emilia Galotti）為德國啟蒙時期文學家萊辛的劇作，是齣悲劇，於一七七二年首演。劇中王子看上了愛米麗雅，因此殺害了她的未婚夫，將她抓入宮中。愛米麗雅的父親前去營救不成，應女兒的要求將她殺死，以免她被迫與王子成婚。

作我都得讀，而我在把其他功課都做完之後才去讀。那時已經很晚了，我也累了，隔天就不再記得自己讀了些什麼，只好再讀一遍。

「讀給我聽！」

「妳自己讀，我把書帶來給妳。」

「你的聲音這麼好聽，孩子，比起自己讀，我更想聽你唸。」

「唉，我不知道。」

可是隔天，我來了想吻她的時候，她躲開了。「你得先讀給我聽。」

她是認真的。我得先朗讀半小時《愛米麗雅．迦洛蒂》給她聽，她才讓我和她一起淋浴，再帶我上床。如今我也喜歡上淋浴。我帶著慾望而來，但是這份慾望隨著朗讀而漸漸平息。要朗讀一部劇作，讓人能大致分辨各個不同的角色，讓各個角色栩栩如生，這需要一點專注，而在淋浴時慾望才會再度滋長。於是朗讀、淋浴、做愛，再依偎著躺一會兒，就成了我們幽會的儀式。

她聆聽時全神貫注。她有時發笑，有時嗤之以鼻，有時氣憤地驚呼，有時大聲叫好，讓人毫不懷疑她正緊張地關注著情節的發展，而她顯然認為愛米麗雅和路薏絲都是傻丫頭。有時她迫不及待地要求我往下唸，因為她懷著希望，認為這些愚蠢的行為總該收場了。「怎麼會有這種事！」有時我自己也想繼續往下唸。當白晝漸漸變長，為了在黃昏暮色中與她同床共枕，我朗讀的時間也就愈長，當她在我身上睡著了，院子裡的鋸子不再作聲，烏鶇鳴唱，廚房裡物品的顏色漸漸褪去，只剩下深淺不一的灰色，我感到全然的幸福。

3.《陰謀與愛情》（Kabale und Liebe）係德國文學家席勒的劇作，於一七八四年首演，敘述貴族青年費迪南與平民女孩路薏絲之間的愛情遭到宮廷陰謀破壞的悲劇故事。

10

復活節假期的第一天，我四點鐘就起床了。漢娜那天值早班。她在四點一刻騎腳踏車到電車總站，四點半就隨電車駛往施韋青根。她告訴過我電車在去程時往往是空的，直到回程時才會滿載。

我在第二站上車。在第一節車廂裡，漢娜站在司機旁邊，第二節車廂則是空的。我猶豫著該坐進哪一節車廂，然後決定坐進後面一節。那裡比較隱密，也許可以擁抱一下，親吻一下。但是漢娜沒有過來，她想必看見了我在候車站等候並且上了車，所以電車才會停下來。可是她依舊站在司機身旁，和他有說有笑，這些我都看在眼裡。

電車駛過一站又一站，不曾停下。候車亭裡沒有人等車，街道上空空蕩蕩。太陽尚未升起，在白色的天空下，萬物一片蒼白，浸浴在灰白的光線中：房屋、停放在路邊的汽車、新綠的樹木和開花的灌木叢、煤氣儲存槽和遠處的山丘。

電車開得很慢，也許是因為行車時刻表算好了行車時間與到站時間，由於省下了停車的時間，就只好把行車時間拉長，我被困在緩慢行駛的電車上。起初我坐著，後來我站到前面去，試圖盯住漢娜，讓她感覺到我的目光在她背上。過了一會兒，她轉過身來，凌厲地瞅了我一眼，就又和司機說起話來。電車繼續行駛。過了埃佩爾海姆，軌道就不再位於馬路上，而是架設在馬路旁邊鋪著碎石的路堤上。電車加快了速度，像火車一樣規律地隆隆行駛。我知道這條路線會經過好幾個地方，最終抵達施韋青根。我覺得自己被排除在外，被逐出了人們居住、工作、相愛的正常世界，彷彿我受到了詛咒，注定要在空蕩蕩的車廂裡無止境地行駛，不知駛往何方。

然後我看見了一個停靠站，那是在空曠原野上的一個小候車亭，我扯動了車掌用來通知司機該停車或開車的繩子，電車停住。不管是漢娜還是司機都沒有在聽見鈴聲響起時朝我看過來。下車時，我覺得他們彷彿笑看著我，但是我不確定。接著電車開動，我目送著它，直到它駛下一處窪地，再消失在一座小山丘後面。我站在路堤和馬路之間，周圍是原野和果樹，在更遠的地方有一座建有溫室的園圃。空氣清新，鳥鳴啁啾，山頭上的白色天空亮起了玫瑰色的朝霞。

搭那趟電車就像一場惡夢。若非事情的餘波如此清晰地留在我記憶中，我真想把它當成一場惡夢。我站在候車亭，聽著鳥兒啁啾，看著太陽升起，宛如從夢中醒來。但是從一場惡夢中醒來未必使人鬆了一口氣，反而可能使人真正察覺自己夢見了可怕的事，甚至也許在夢中遇見了某種可怕的真相。我踏上回家的路，眼淚流了下來，一直走到埃佩爾海姆才止住哭泣。

我一路走回家，幾度想要搭便車都沒有成功。當我走到半途，那列電車從我旁邊駛過，電車上坐滿了人，我沒有看見漢娜。

中午十二點我在她公寓門口的樓梯平台上等候，心裡又難過、又害怕、又生氣。

「你又蹺課了嗎？」

「我放假了，今天早上是怎麼回事？」她打開門鎖，我跟著她走進公寓，進了廚房。

「什麼怎麼回事？」

「為什麼妳假裝不認識我？我本來想……」

「我假裝不認識你？」她轉過身來，冷冷地看著我。「是你不想認得我，你明明看見我在第一節車廂，卻上了第二節車廂。」

「我何苦要在放假的第一天早上四點半搭車去施韋青根？當然就只是因為想要給妳一個驚喜，因為我以為妳會感到開心，我之所以坐上第二節車廂……」

「可憐的孩子，四點半就起床了，而且還是在假期當中呢。」之前我從未聽過她用諷刺的口氣說話。她搖搖頭。「我哪裡知道你為什麼要搭車去施韋青根，又哪裡知道你為什麼不想認我，那是你的事，不是我的事。現在請你離開，好嗎？」

我無法形容我當時有多麼氣憤。「這不公平，漢娜，妳知道我就只是為了妳才搭同一班電車，妳一定知道。妳怎麼能夠認為我不想認妳？假如我不想認妳，就根本不會去搭同一班車。」

「唉，別煩我。我已經說過了，你做什麼是你的事，不是我的事。」她所站的位置使得廚房桌子橫在我們之間，她的眼神、聲音和手勢都把我當成闖入者，要求我離開。

我在沙發上坐下，她對我態度太惡劣了，我原本想要她給我一個解釋，可是我根本說不上話，反而變成她來指責我。而我漸漸沒有了把握，難道她是對的？並非客觀上，而是主觀上？難道是她誤會了我？難道她非得誤會我？難道是我傷了她的心，雖然那並非我的本意，卻還是在無意中傷了她的心？

「對不起，漢娜，這整件事都搞砸了。我並沒有想要惹妳難過，可是看起來……」

「看起來？你的意思是，看起來你好像惹我難過了？你沒這個本事惹我難過。現在你到底走不走？我剛下班，我想要洗澡，想要休息。」她用命令的眼神看著我。見我沒有站起來，她聳聳肩膀，轉過身去，在浴缸裡接了水，然後脫掉了衣服。

這時我站起來，走了。我以為我將一去不回，可是半小時之後我就又站在她家門口。她讓我進去，而我把事情全怪在自己頭上。是我做事欠考慮、不知體諒而又無情，我了解她心裡難過，也了解她並不難過，因為我沒有本事惹她難過。我了解我固然沒有本事使她難過，但是她不能容忍我的行為。到最後，我很高興她承認我傷了她的心，也就是說她畢竟不像她先前所表現的那樣無動於衷、事不關己。

「妳原諒我嗎？」

她點點頭。

「妳愛我嗎？」

她又點點頭。「浴缸的水還是滿的。來，我替你洗澡。」

事後我納悶她之所以把浴缸裡的水留著，是否是因為她知道我會再回來？她之所以脫掉衣服，是否是因為她知道這一幕將在我腦中揮之不去，將使我去而復返？是否她只是想在一場權力遊戲中獲勝？當我們在做愛之後並肩躺著，我告訴她我為什麼沒從第一節車廂上車，而是上了第二節車廂。她調侃我：「就連在電車上你都想跟我親熱？孩子啊，孩子！」彷彿我們爭吵的緣由無關痛癢。

但是這番爭吵的結果卻有其意義，我不僅在這番爭吵中落敗，我在短暫抗爭之後投降了，當她威脅著要攆我走，不再讓我來找她。在之後那幾個星期裡，我甚至不曾再短暫抗爭，只要她威脅我，我就立刻無條件投降。我承擔了所有的罪狀，承認了我不曾犯下的過錯，招認了我從未有過的意圖。如果她變得冷淡無情，我就對她搖尾乞憐，乞求她原諒我，愛我。有時候我覺得彷彿她的冷硬也折磨著她，彷彿她渴望著我的道歉、保證和誓言當中的溫情。有時候我認為她就只是想要騎在我頭上，但不論如何，反正我別無選擇。

我無法和她談這件事，談論我們的爭吵只會引發另一番爭吵。有一、兩次我寫了長信給她，但是她沒有回應。當我問起這件事，她就反問我：「你又來了嗎？」

11

並不是說在復活節假期的第一天之後漢娜和我就不再幸福，我們從不曾比那年四月的幾個星期更幸福。儘管這第一次爭吵和我們的所有爭吵是如此是非混淆，但我們朗讀、淋浴、做愛和並肩依偎的那套儀式所帶來的一切都對我們有益。此外，由於她曾指責我不想認她，所以如果我想和她一起露面，原則上她就無法提出異議。她可不想聽到我說：「妳分明就是不想被人看見和我在一起。」於是我們在復活節過後那一週騎腳踏車出遊，去溫普芬、阿莫爾巴赫和米爾騰貝格玩了四天。

我不記得我當時是怎麼和爸媽說的，是說我要和我朋友馬提亞斯一起出遊嗎？和一群朋友一起？還是說我要去拜訪一個以前的同學？母親可能一如往常感到擔心，父親則一如往常認為她不必擔心，我不是才剛剛順利升級了嗎？雖然沒有人相信我能辦到。

我生病期間的零用錢都沒花掉，但是如果我也想替漢娜支付旅費的話就還不夠。於是我把我收藏的郵票拿去聖靈教堂旁邊的郵票商店出售，只有那家店在門口貼著「收購集郵」的告示。店員檢視了我的集郵冊，出價六十馬克，我向他指出我最珍貴的收藏，一張剪得方方正正的埃及郵票，上面是一座金字塔，在目錄上標註的價格是四百馬克。他聳聳肩膀，說我若是這麼捨不得我的集郵，也許最好是自己留著，他懷疑我到底有沒有獲准賣掉這些郵票，我的父母親怎麼說？我試圖討價還價，我說這張金字塔郵票如果並不值錢，那我就把這張郵票留著好了。他說那他就只能給我三十馬克。我說這麼說來，這張金字塔郵票畢竟還是值錢的囉？最後我拿到了七十馬克。我覺得自己被騙了，但是我也不在乎。

為了出遊而興奮不已的不只是我，漢娜也在出發之前幾天就坐立難安，令我驚訝。她左思右想，考慮該帶些什麼，把東西裝進腳踏車的置物袋和我替她準備的背包，又再拿出來重裝，弄了好幾次。當我想在地圖上把我所計畫的路線指給她看，她不想聽也不想看。「我現在太興奮了，反正你做的準沒錯，孩子。」

我們在復活節後的星期一出發。那天陽光普照，而且整整四天都是如此。早晨涼爽，白天裡氣溫漸漸升高，沒有暖和到騎車會太熱，但是暖和到可以野餐。森林是一片片綠色地毯，摻著點狀和片狀的黃綠、淺綠、酒瓶綠、藍綠和墨綠。在萊茵平原，第一批果樹已經開花。在歐登瓦德山，連翹花正在盛放。

通常我們可以並排騎車，這時我們就會把眼前的景物指給對方看：一座城堡、一個垂釣的人、河上的一艘船、一頂帳篷、在河邊排成一列行走的一家人、一輛美國製的敞篷大轎車。如果需要轉彎或是騎上另一條路，我就得騎在前面；她不想為了方向和路線操心。除此之外，如果交通太擁擠，有時是她騎在我後面，有時換我騎在她後面。她那輛腳踏車的輪輻、鏈條和齒輪都有外罩，她穿著一件藍色洋裝，寬大的裙襬在騎車揚起的風中飄動。起初我擔心她的裙襬會被捲進輪輻或齒輪裡，害她摔下來，過了一陣子才不再擔心，在那之後我就很喜歡看她騎在我前面。

我是多麼期待那幾個夜晚，我想像著我們會做愛、入睡、醒來，再次做愛、入睡、醒來，這樣周而復始，夜復一夜。但我只在第一夜還再醒來過一次。她背對著我躺著，我俯身過去親吻了她，而她轉過來仰躺著，讓我進入她的身體，並且用雙臂摟著我。「我的小傢伙，我的小傢伙。」然後我在她身上睡著了。由於騎車和風吹日曬令人疲倦，其他幾個夜晚我們都累得一覺到天亮，而在早晨做愛。

漢娜不僅讓我選擇方向和道路，也讓我挑選晚上過夜的旅館，以母子的名義登記，她只在單子上簽名，而看菜單點菜也是我的事，不只替我自己點，也替她點。「我喜歡偶爾一次什麼事都不必操心。」

我們只在阿莫爾巴赫吵了一架。我早早醒來，悄悄穿好衣服，偷偷溜出了房間。我想把早餐端上樓，也想看看能否找到一家已經開門的花店，替漢娜買朵玫瑰。我在床頭櫃上留了張字條給她，寫著「早安！我去取早餐，馬上回來」之類的話。當我回來，她衣服還沒穿好，站在房間裡氣得發抖，臉色蒼白。

「你怎麼可以就這樣走掉！」

我擱下擺著早餐和玫瑰的托盤，想把她擁進懷裡。「漢娜……」

「別碰我。」她手裡拿著繫在洋裝上的窄窄皮帶，向後退了一步，把皮帶朝我的臉抽下去。我的嘴唇裂了，嚐到了血的味道。我並不覺得痛，而是嚇壞了。她又揚起了皮帶。

但是她沒有再打我。她垂下手臂，鬆手讓皮帶掉落，哭了。我還從未見過她哭。她的臉扭曲變形，張大了眼睛和嘴巴，眼皮哭腫了，臉頰和脖子上出現了一塊塊紅斑。從她嘴裡發出哽咽嘶啞的聲音，就像我們做愛時她發出的那種無聲叫喊。她站在那兒，用一雙淚眼看著我。

我應該要把她擁進懷裡，可是我做不到。我不知道該如何是好，我們家的人不會這樣哭泣，也不會打人，不會動手打，更不會用皮帶抽，我們動口不動手。可是，我該說些什麼呢？

她朝我走了兩步，撲向我胸前，用兩隻拳頭捶我，緊緊抱住我。現在我可以摟住她了。她的肩膀在抽搐，用額頭撞向我的胸口，然後深深嘆了一口氣，依偎在我臂彎裡。

「我們吃早餐嗎？」她鬆開了我。「天哪，孩子，你的樣子糟透了！」她拿來一條濕毛巾，把我的嘴和下巴擦乾淨。「襯衫上也都是血。」她脫掉我的襯衫，再脫掉我的長褲，然後她脫掉自己的衣服，我們做愛。

「剛才究竟是怎麼回事？妳為什麼這麼生氣？」我們並肩躺著，如此心滿意足，乃至於我以為現在一切都會澄清。

「怎麼回事，怎麼回事……你老是問這種蠢問題，你不能就這樣走掉。」

「可是我給妳留了字條……」

「字條？」

我坐起來。我原先把字條擺在床頭櫃上，但字條已經不在那兒了。我下了床，在床頭櫃旁邊和底下尋找，在床下和床上尋找。遍尋不著。「我不懂。我寫了張字條給妳，說我去取早餐，馬上就回來。」

「是嗎？我沒看見什麼字條。」

「妳不相信我？」

「我很想相信你，但是我沒有看見字條。」

我們沒有再度爭吵。是一陣風吹來，把紙條吹到不知何處去了嗎？她的發怒、我裂開的嘴唇、她傷心的面孔、我的無助，這一切都只是一場誤會嗎？

我是否應該繼續尋找那張紙條，繼續尋找漢娜發怒的原因，尋找我感到無助的原因呢？「再讀點什麼給我聽，孩子！」她依偎著我，於是我拿起艾欣朵夫的《窩囊廢的浪漫情史》[4]，從上一次暫停的地方往下唸。《窩囊廢》很好朗誦，比《愛米麗雅．迦洛蒂》和《陰謀與愛情》容易。漢娜又一次全神貫注地聆聽。她喜歡文章裡夾雜的詩句，也喜歡男主角在義大利捲入的種種風波，諸如喬裝改扮、遭人誤認、各種糾葛和跟蹤追逐。同時她也氣他是個窩囊廢，一事無成，什麼都不會，什麼也不想會。她在愛憎之間猶豫不決，在我結束朗誦好幾個鐘頭之後，還會提出問題來問我。「稅務員不是份好工作嗎？」

我把我們的爭吵述說得太過詳盡了，所以我也想述說一下我們的幸福。那番爭吵使我們的關係變得更加親密，我看見了她哭泣，而會哭的漢娜要比一味強悍的漢娜和我更親密。她開始顯露出溫柔的一面，是我以前沒見過的，她一

4. 《窩囊廢的浪漫情史》（Aus dem Leben eines Taugenichts）係德國浪漫時期作家艾欣朵夫（Josepf von Eichendorff, 1788-1857）的中篇小說，於一八二六年出版，講述一個生性樂觀的年輕人漫遊至遠方的冒險故事。

再端詳我裂開的嘴唇，並且溫柔地撫摸，直到我的嘴唇癒合。

我們做愛的方式也不同了。有很長一段時間我完全任由她主導，任憑她佔有我。後來我也學會了佔有她。在這趟出遊期間和這之後，我們不再只是互相佔有。

我手邊有一首我當年寫的詩。以詩作而言，這首詩不值一提。當年我醉心於里爾克和本恩[5]的詩作，如今我看出我同時想要模仿這兩位詩人的風格，但我也再度看出我們當時是多麼親密，這首詩是這樣寫的：

當我們敞開自己
妳對我敞開，我對妳敞開，
當我們沉醉
妳沉醉於我，我沉醉於妳，
當我們溶化
妳溶化於我，我溶化於妳。

這時
我才是我
而妳才是妳。

5.本恩（Gottfried Benn, 1886-1956），德國現代主義詩人，也是執業醫生，著名作品包括詩集《停屍間》和《兒子們》。

／12／

雖然我已經不記得我為了和漢娜出遊而向爸媽扯了什麼謊，我卻記得我為了能獨自在家度過假期的最後一週所付出的代價，我不記得爸媽和哥哥姊姊出遠門去了哪裡，問題出在我妹妹。爸媽要她去一個女同學家裡住幾天，可是如果我留在家裡，她就也想留在家裡。但爸媽不願意，所以我就也該去住朋友家。

如今回顧，我覺得爸媽當時願意讓十五歲的我獨自留在家裡一個禮拜，實在很不簡單。莫非是他們察覺了我的獨立自主？這份獨立自主是遇到漢娜之後在我身上逐漸滋長的。還是說他們就只是注意到我雖然病了好幾個月，卻還是順利升級，由此推斷出我比以前更有責任感、更值得信賴？我也不記得曾經因為在漢娜家消磨了那許多時光而被要求解釋。爸媽似乎相信我在恢復健康之後會想要多花時間和朋友相處，一起讀書，一起休閒。再說，要養育四個孩子，父母無法同時關注每一個子女，而會把注意力放在目前特別麻煩的那個孩子身上。我惹麻煩的時間已經夠久了，我能恢復健康，順利升上下一個年級，已經讓爸媽鬆了一口氣。

我問妹妹，如果要她去住朋友家，而讓我留在家裡，她有什麼條件。她說她想要一條牛仔褲，當年我們稱之為藍色工裝褲或是鉚釘褲，另外她還要一件套頭長袖絲絨上衣。這我能理解。牛仔褲在當時還很希罕，是種時髦玩意，此外也代表著擺脫了魚骨紋西裝和大花洋裝。就像我不得不穿著伯伯留下的衣物，妹妹那時只能穿姊姊的舊衣服，可是我沒有錢。

「那就去偷啊！」妹妹神色自若。

那容易得出奇，我試穿了好幾件牛仔褲，也拿了一件她的尺寸到更衣間，塞進我寬鬆的西裝長褲的腰際，就走出了那家商店。那件毛衣則是在百貨公司偷的。有一天，我和妹妹在時裝部從一個專櫃逛到另一個專櫃，直到我們找到合適的專櫃和合適的絲絨上衣。第二天我踩著堅定的步伐，快步穿過時裝部，拿起那件毛衣，藏在我的西裝外套下，旋即走了出去。第三天我替漢娜偷了一件絲質睡衣，被百貨公司的警衛看見了，我拚命地跑，僥倖逃脫，在那之後，我有好幾年沒再踏進那家百貨公司。

自從我們在那趟出遊時共度了幾個夜晚，我夜夜都渴望她能在我身旁，渴望和她互相依偎，用我的腹部貼著她的臀，用我的胸膛貼著她的背，把我的手擱在她胸脯上，夜裡醒來時用手臂去尋找她，找到她，把一條腿挪過去跨過她的腿，把臉緊貼在她肩膀上，單獨在家一週就表示能和漢娜共度七個夜晚。

一天晚上我邀請她到家裡來，由我替她下廚。當我替晚餐做最後的準備，她站在廚房裡，當我把食物端上桌，她站在餐廳和客廳之間敞開的雙扇門裡。吃飯時她坐在圓形餐桌旁，在我父親平常坐的位置，她環顧四周。

她用目光掃視一切，那些畢德麥雅時期[6]的家具、那架大鋼琴、那座古老的落地鐘、牆上的圖畫、擺滿書本的書架、桌上的餐具和刀叉。當我去準備飯後甜點而留下她一個人，回來時發現她已不在桌旁。她從一個房間走到另一個房間，在我父親的書房裡站定。我悄悄倚著門柱站立，看著她，她的目光在佔據了好幾面牆壁的書架上遊走，彷彿在讀一篇文章。然後她走到一個書架前，在齊胸的高度用右手食指緩緩拂過那些書脊，再走到下一個書架前，繼續用手指拂過一本本書脊，就這樣在書房裡走了一圈。她在窗前停下腳步，看進夜色中，看著書架映在玻璃上，也看著她自己的倒影。

這是漢娜留在我腦海中的幾個影像之一，我把這些影像儲存起來，可以投射在內心的銀幕上加以端詳，不會改變，也不會變舊。有時候我很久都沒有想到這些影像，但它們總是一再回到我腦海中，而我可能就必須反覆把它們一張張投射在我內心的銀幕上加以端詳，其中一幕是漢娜在廚房裡穿上絲襪；另一幕是漢娜站在浴缸前，張開雙手把浴巾撐開；還有一幕是漢娜騎著腳踏車，裙襬在騎車揚起的風裡飄揚；再來就是漢娜在我父親書房裡這一幕。她穿著一件藍白條紋的洋裝，當時稱之為襯衫式洋裝，穿著這件衣裳使她顯得年輕。她用手指拂過那些書脊，看向窗外。此刻她朝我轉過身來，動作很快，使得裙子圍著她的一雙腿飄動了一下，才又服貼地垂下來，她的眼神疲倦。

「這些書你父親只是讀過嗎？還是也有他寫的書？」

6. 畢德麥雅時期（Biedermeier）係指德意志邦聯在一八一五年至一八四八年之間這段歷史時期，在保守的政治氛圍和嚴格的審查制度下，人民把心思投注於家庭，享受家居生活的樂趣，發展出簡單而悅目的家具風格。

我知道父親寫過一本關於康德的書和一本關於黑格爾的書，把這兩本書找了出來，拿給她看。

「從書裡讀一小段給我聽，好嗎？孩子？」

「我……」我不想讀，但也不想拒絕她的請求，於是拿起那本講康德的書，唸了一段給她聽，講的是我和她都不懂的分析學和辯證法。「這樣夠了嗎？」

她看著我，彷彿她全都聽懂了，又彷彿懂或不懂並不重要。「將來有一天，你也會寫這種書嗎？」

我搖搖頭。

「你會寫別種書嗎？」

「我不知道。」

「你會寫劇作嗎？」

「我不知道，漢娜。」

她點點頭。然後我們吃了甜點，走回她家。我很想和她一起睡在我的床上，但是她不肯。在我家裡她覺得自己是個闖入者。她沒有這麼說，但是從她的一舉一動看得出來，從她站在廚房裡或是站在敞開的雙扇門中的樣子，從一個房間走到另一個房間的樣子，從我父親的藏書前面一步步走過，還有和我一起坐下來吃飯的樣子。

我把那件絲質睡衣送給她。那睡衣是茄紫色的，細肩帶，讓肩膀和手臂都裸露在外，長度直到腳踝，發出閃亮的光澤。漢娜很高興，笑得很燦爛。她低頭看著自己，轉個身，跳了幾個舞步，照照鏡子，打量了鏡中影像一會兒，就又跳起舞來。這也是漢娜留在我腦海中的影像之一。

13

我總覺得新學年的開始是個分水嶺。從高一升上高二帶來的改變尤其深刻。我原本的班級被打散了，分到同年級的三個班級裡。沒能順利升級的學生相當多，於是四個小班級被合併成三個大班級。

我讀的那所文理中學許多年來都只收男生，當學校也開始招收女生，起初她們的人數太少，無法平均分配在各班，於是只分進一個班級，後來也分進兩個班和三個班，直到她們各佔每個班級人數的三分之一，在我那個年級的女生沒有多到也被分進我原本的班級裡。我們是第四班，一個純男生班，因此後來被打散分到別班的也是我們班，而不是另外幾班。

直到新學年開始我們才得知這件事。校長把我們叫到一間教室裡，宣布我們將被分到別班，也宣布了分配的方式。我和另外六個同學經過空蕩蕩的走廊，走進新教室。我們分到剩餘的座位，我的座位在第二排。課桌椅是單人座，但是成雙排列，排成三列，我坐在中間一列，左邊坐的是以前的同班同學魯道夫・巴爾根，他體格壯碩，冷靜可靠，會下棋，也打曲棍球，在原來的班級裡我跟他幾乎沒有打過交道，但不久之後我們就成了好朋友。在我右邊，隔著走道，坐著那些女生。

我鄰座的女生是蘇菲，她棕髮棕眼，皮膚在夏天裡曬成了古銅色，裸露的手臂上長著金色的寒毛。當我坐下來環顧四周，她對我微微一笑。

我也微笑以對，我感覺很自在，對於在新班級裡的新開始感到高興，也對班上的女生感到高興。讀高一時我觀察過那些男同學：不管班上有沒有女生，他們都怕女生，會避開她們，在她們面前吹牛，或是崇拜她們。我熟悉女性，能夠輕鬆以對，像哥兒們一樣，女生也喜歡我這樣，在這個新班級裡我將會和她們相處愉快，因此也能受到男生歡迎。

不知道是否人人都是如此？我年少時總是過度自信，不然就是過度沒有自信。有時候我覺得自己一無是處、其貌不揚、不值一顧，有時候又自以為我整體而言相當不錯，而我不管做什麼應該都會成功。如果我感到自信，再大的困難我都能克服，可是只要遇到最小的失敗，就足以讓我相信自己不值一顧。重拾自信從來不是成功帶來的結果；每一番成功都微不足道，遠遠及不上我對自身成就的期望，也及不上我渴望從別人那裡得到的肯定，而我是否感覺到這份微不足道，還是對這番成功感到自豪，這取決於我的心情，和漢娜在一起的那幾個星期我心情都很好，儘管我們之間起過衝突，儘管她一再冷落我，而我一再低聲下氣，因此在新班級的那個夏天也開始得很順利。

那間教室此刻在我眼前浮現：門在右前方，右邊那面牆壁上釘著木條，上面有掛衣服的掛鉤，左邊是一排窗戶，可以遠眺聖人山，下課時間站在窗邊，能看見下方的街道、河流和對岸的草地，前面是黑板、地圖架、圖表和一英尺高的講台，還有講台上的講桌和教師座椅。牆壁直到頭部的高度漆成了黃色，更上面則漆成白色，兩盞乳白色的球形燈從天花板垂掛下來。教室裡沒有多餘的東西，沒有圖畫，沒有植物，沒有多餘的座位，也沒有擺放被忘了帶走的書本、簿冊或彩色粉筆的櫃子。目光若是四下游移，就會游移到窗外，或是偷偷瞄向鄰座的同學，如果蘇菲察覺我在看她，就會朝我轉過來，對我微笑。

「貝爾格，蘇菲亞固然是個希臘文名字，但是這也不構成你在希臘文課上打量鄰座女生的理由，請翻譯下一段！」

我們正在翻譯《奧德賽》。我讀過德文版，很喜歡這本書，至今依然喜歡。通常輪到我時，我只需要幾秒鐘就能進入狀況，開始翻譯。當老師拿蘇菲來取笑我，等班上同學止住笑聲之後，我之所以翻譯得結結巴巴是另有原因，書上寫到在體型和外貌上宛如女神的瑙西卡公主，說她宛如處子而且手臂白皙——我該把她想像成漢娜還是蘇菲呢？必然是她們兩人其中之一。

/
14
/

飛機的引擎若是失靈，飛行並不會就此終結，飛機不會像石頭一樣從空中墜落，而會繼續滑翔，那些多引擎的巨大客機會滑翔半小時到四十五分鐘，直到試圖降落時才會撞成碎片，乘客是察覺不到的。引擎失靈和正常運作時的飛行在感覺上並無二致，雖然比較安靜，但只稍微安靜一點，因為機身和機翼破風前進的聲音要比引擎聲更大。到了某個時候，從窗戶看出去，會發現地面或海洋逼近，機上也可能正在播放電影，而空服員拉下了遮光板，也許乘客甚至會覺得安靜一點的飛行格外舒適宜人。

那個夏天就是我們的愛情在墜毀之前的滑翔，或者應該說是我對漢娜的愛；關於她對我的愛，我一無所知。

我們維持著朗讀、淋浴、做愛和並肩依偎的固定儀式。我朗讀了《戰爭與和平》，包含托爾斯泰對歷史、偉人、俄國、愛情與婚姻的所有闡釋，那想必花了四十到五十個鐘頭。漢娜依舊全神貫注故事的發展，但是和以前不同，她沒有發表意見，沒有把娜塔莎、安德列和皮耶當作她世界的一部分，像她之前對待路薏絲和愛米麗雅這兩個書中人物一樣，而是走進了他們的世界，就像是目瞪口呆地踏上一趟前往遠方的旅行，又像是獲准進入一座宮殿，被允許在宮殿裡流連，漸漸熟悉，但從未完全拋開那份膽怯。之前我替她朗讀的作品是我原本就熟悉的，而《戰爭與和平》對我而言也是新的，我們一起踏上那趟前往遠方的旅行。

我們替彼此想出了親暱的小名。她開始不再只喊我孩子，也會喊我小青蛙或小蟾蜍、小狗、小石子和小玫瑰，加上各式各樣的形容詞。我還是喊她漢娜，直到她問我：「當你摟著我，閉上眼睛，你會想到哪一種動物？」於是我閉上眼睛，想著動物。我們緊緊依偎地躺著，我的頭貼著她的脖子，我的脖子貼著她的胸脯，我被她壓著的右手臂貼著她的背，左手臂摟著她的臀部。我用手臂和雙手撫摸她寬廣的背、結實的大腿、堅實的臀部，她的胸脯和腹部也緊貼著我的脖子和胸膛，她的皮膚光滑柔軟，皮膚底下的身體則有力可靠。當我把手擱在她的小腿肚上，感覺到小腿肌肉的不斷顫動，讓我想到馬兒試圖驅趕蒼蠅時皮膚的顫動。「讓我想到一匹馬。」

「一匹馬？」她掙脫了我的懷抱，坐直了，看著我，一臉震驚地看著我。

「妳不喜歡嗎？我會這樣想是因為妳是這麼好摸，皮膚光滑柔軟，底下結實有力，也因為妳的小腿肚會顫動。」我向她解釋我的聯想。

她看著她小腿肌肉的顫動。「一匹馬，」她搖搖頭，「我不知道……」

這不像她。平常她總是斬釘截鐵，不是同意，就是反對。在她震驚的眼神下，我本來已經作好心理準備，在必要時收回我說的一切，責怪自己，並且請求她原諒。但現在我試圖讓她接受我用馬兒來形容她。「我可以用法文喊妳Cheval，或是喊妳雪花驄、玉轡或驪駒。當我想到馬，我想到的不是馬的牙齒或馬頭，也不是那些妳可能會不喜歡的東西，而是想到某種善良、溫暖、柔軟、堅強的東西。妳不是小兔子或小貓咪，也不是母老虎，老虎帶著一種兇惡，妳並不兇惡。」

她仰面躺下，把雙臂枕在頭下。這時我坐直了，看著她，她的目光凝視著空無，過了一會兒才轉過來面向我，臉上的表情流露出異樣的真摯。「不，我喜歡你喊我馬兒，或是馬的其他別名，你可以把那些別名解釋給我聽嗎？」

有一次，我們一起去鄰近城市的劇院觀賞《陰謀與愛情》的演出。那是漢娜第一次進劇院，她享受著那一切，從戲劇演出到中場休息時的氣泡酒。我摟著她的腰，不在乎別人看見我們這一對會怎麼想，我對自己的不在乎感到自豪。不過我也知道，假如是在我所住城市的劇院裡，我就不會不在乎，這一點她也知道嗎？

她知道那年夏天我的生活不再只圍繞著她、學校和功課打轉。當我在接近傍晚時去到她家，我經常是從游泳池過去的。班上的男女同學在游泳池碰面，一起做功課，一起踢足球、打排球、玩紙牌兼打情罵俏。班上同學的社交生活在那裡進行，而參與其中，成為大家的一份子對我來說十分重要。視漢娜的工作時間而定，我有時候會比其他同學晚到，有時會提早離開，這無損於我的名聲，反而使我引人注意。這一點我很清楚，我也知道自己並沒有錯過什麼，卻常會覺得當我不在的時候天曉得都發生了什麼事。有很長一段時間，我不敢問自己是否更想待在游泳池，勝過去漢娜家。可是七月裡在我生日那一天，同學在游泳池替我慶生，很遺憾我得早走，而漢娜那天筋疲力盡，接待我時情緒很差，她並不知道那天是我生日。當我問起她的生日，她告訴我是十月二十一日，但沒有問起我的生日，她的情緒也沒有比她平常筋疲力盡時更差，但是她的壞情緒令我生氣，我心裡想要離開，想去游泳池和同學在一起，去輕鬆地說說笑笑，打球玩耍和打情罵俏。當我也用壞情緒來回應，我們爭吵起來，當漢娜對我不理不睬，我又害怕會失去她，於是低聲下氣地向她道歉，直到她接納了我，但是我心中卻滿腔怨懟。

15

然後我開始背叛她。

我並沒有洩露秘密，也沒有讓漢娜丟臉，我從未披露任何我必須隱瞞的事，而是隱瞞了我原本應該披露的事。我沒有承認她的存在。我知道否認是一種不明顯的背叛。從外表上看不出來一個人是在否認，還是只是守口如瓶、考慮周到、避免尷尬和不愉快，但是他本人卻心知肚明。否認會掏空一段感情的基礎，就和那些比較明顯的背叛一樣。

我不記得我第一次否認漢娜的存在是在什麼時候，我從那些夏日午後在游泳池的同學相處中發展出了友誼。除了我從舊班級就認識的鄰座同學之外，在新班級裡我特別喜歡霍格．許呂特，他和我一樣對歷史和文學感興趣，我們很快就熟了起來。沒多久，他就也和蘇菲熟了起來，她就住在幾條街之外，因此我前往游泳池和她走的是同一條路。起初我對自己說，我和這些朋友還沒有熟到足以向他們提起漢娜。後來我又找不到適當的機會、適當的時刻、適當的話語。到最後，要提起漢娜，把她的事連同其他的年少秘密一起說出來，已經太遲了。我對自己說，這麼晚才提起她，想必會給人錯誤的印象，以為我之所以隱瞞漢娜的事這麼久，是因為我和她的關係不正常，是因為我良心不安。但是不管我怎麼欺騙自己，我很清楚我背叛了漢娜，當我表現得好像我把生活中重要的事都告訴了朋友，卻絕口不提起漢娜。

朋友也察覺我並未完全坦白，這只使得情況更糟。一天晚上，蘇菲和我在回家途中碰上雷雨，在諾伊海姆費德躲進一間園中小屋的遮雨棚下，當時那裡尚未興建大學校舍，而是田野和花園。一時雷電交加，風狂雨驟，同時氣溫陡然下降了大約五度。我們覺得冷，於是我用手臂摟住她。

「喂？」她沒有看著我，而是看著那場雨。

「嗄？」

「你病了很久對吧，黃疸病。是這件事令你苦惱嗎？你害怕自己沒法真正恢復健康嗎？醫生說了些什麼？你每天都得去醫院換血或是打點滴嗎？」

漢娜成了疾病，我感到羞愧，但是此刻我更加無法談起漢娜。「不，蘇菲，我的病已經好了。我的肝功能指數正常，再過一年，我甚至就也可以喝酒了，如果我想喝的話，但我不想。令我……」當事情涉及漢娜，我沒辦法說：令我苦惱的是……於是改口說：「我之所以晚到或早走是有別的原因。」

「你是不想談呢，還是說你其實想談，但不知道從何說起？」

我是不想談，還是不知道從何說起？我自己也說不上來。可是當我們站在那裡，在閃電之下，在轟隆隆的響亮雷聲之下，在嘩啦啦的大雨之下，一起受凍，互相取暖，我覺得我應該告訴她漢娜的事。「也許改天我會告訴妳。」

但是我始終沒說。

16

漢娜不上班也沒和我在一起的時候都做些什麼，我從來都不知道。我若是問起，她就駁回我的問題。我們沒有共同的生活世界，而是她讓我在她生活中佔有她願意給我的一席之地。我得要知足。如果我想要更多，甚至只是想知道更多，那就是不知好歹。在我們特別幸福的時刻，我會覺得一切都可能實現，要做什麼都可以，懷著這種感覺而發問，那麼她可能就會閃躲我的問題，而非駁回。「孩子，你想知道的事可真多啊！」或是她會拿起我的手，擱在她肚子上。「你想要當我肚子裡的蛔蟲嗎？」不然就是扳起手指來數。「我得要洗衣服，我得要燙衣服，我得要掃地，我得要擦地，我得要買菜，我得要煮飯，我得要把李子搖下來，拾起來，提回家，趕緊煮好裝瓶，否則這個小傢伙，」她把左手的小指頭擱在右手的拇指和食指之間，「就會一個人把李子全部吃光。」

我從不曾在街上、在商店裡或是在電影院和她巧遇，雖然她說她喜歡看電影，也常去戲院。在頭幾個月裡，我也一直想跟她一起去看電影，但是她不肯。偶爾我們會談起我們兩個都看過的電影。她很特別，看電影不挑片子，什麼都看，從德國戰爭片、鄉土片到西部片，乃至法國新浪潮電影，我則喜歡看好萊塢電影，不管背景是在古代的羅馬，還是在蠻荒的西部。有一部西部片是我們倆特別喜歡的，理查．威麥在片中飾演一個警長，隔天早晨必須去赴一場決鬥，而他注定要落敗。他在晚上去敲桃樂絲．瑪朗的門，她曾勸他逃走，但他不聽。她打開門，「現在你想幹嘛？把一個夜晚當成一輩子？」當我滿心渴望地去找漢娜，她有時候會調侃我：「現在你想幹嘛？把一個鐘頭當成一輩子？」

在沒有約好的情況下我只見過漢娜一次，那是七月底或八月初，暑假前的最後幾天。

漢娜的情緒有好幾天都很異樣，她喜怒無常，專橫霸道，我也感覺得到她承受著壓力，那股壓力使她備受折磨，也使她變得敏感脆弱。她竭力控制住自己，彷彿必須阻止自己在這股壓力下爆炸。我問她是什麼令她苦惱，她的反應卻是沒有好氣，我應付不了這個情況，畢竟我不只感覺到自己被拒絕，也感覺到她的無助，於是我試著陪伴她，但不去打擾她。有一天，那股壓力消失了，起初我以為漢娜又回復了常態，在讀完《戰爭與和平》之後，我們沒有馬上開始讀下一本書，我答應過由我來張羅，也帶了好幾本書來供她挑選。

但是她不想。「讓我替你洗個澡吧，孩子。」

走進廚房時，一股熱氣像一塊沉甸甸的布匹罩在我身上，那並非夏季的悶熱，而是漢娜點燃了浴室的熱水爐。她在浴缸裡接了水，滴了幾滴薰衣草精油，然後就替我洗澡。在熱騰騰的空氣中，那件淺藍色印花圍裙裝黏在她冒汗的身體上，罩衫底下的她沒有穿內衣，令我情慾高漲。當我們做愛，我感覺她想讓我感受到前所未有的感覺，把我推向我所能承受的極致。她的忘我也是絕無僅有，雖然不是毫無保留；她從不曾這樣拋開一切保留，但那彷彿是她想要和我一起溺斃。

「現在去找你的朋友吧。」她打發我走，於是我騎車離去。暑氣滯留在一棟棟房屋之間，籠罩在田野和園圃上，在柏油路面上閃閃發光，我恍恍惚惚。我走在在游泳池，孩童玩耍戲水的叫喊聲傳進我耳中，彷彿來自遙遙的遠方。我走在這個世界上，彷彿這世界不屬於我，而我也不屬於它，我潛入加了氯的乳白色池水，絲毫沒有再浮出水面的慾望，我躺在其他人旁邊，聽著他們說話，覺得他們所說的話可笑而微不足道。

這股情緒不知何時消散了，那又成了在游泳池畔的一個尋常午後，我們寫作業、打排球、聊是非、打情罵俏。如今我不記得當我抬起頭來看見她時，我正在做些什麼。

她站在二、三十公尺遠的地方，穿著短褲和襯衫，敞開的襯衫在腰間打了個結。她朝我看過來，我也回望著她。隔著這段距離，我無法看出她臉上的表情，我沒有一躍而起，朝她跑過去。各種念頭從我腦海掠過：她為什麼到游泳池來？她是否想要我看見她，是否想要別人看見我和她在一起？我想要別人看見我和她在一起嗎？我想到我們還從不曾不期而遇，想著我該怎麼做，然後我站了起來，就在我把目光從她身上移開的那短短一瞬，她就走了。

漢娜穿著短褲和腰間打結的襯衫，面向著我，臉上帶著我無法解讀的表情——這也是她留在我腦海中的影像之一。

/ 17 /

隔天她就走了，我在平常去她家的時間按了門鈴，透過門上的玻璃往裡面看，看起來一切如常，我也聽見時鐘的滴答聲。

我又坐在樓梯台階上。在頭幾個月裡，我一直很清楚她在哪些路段出勤，就算我不曾再試圖去陪她或去接她，後來不知從何時開始我不再問起，對這些事不再感興趣，直到此刻我才注意到。

我從威廉廣場旁的電話亭打電話到電車公司，電話被轉接了好幾次，然後得知漢娜．施密茲沒有去上班。我走回邦霍夫街，向院子裡的木工坊打聽這棟房屋的屋主是誰，拿到一個姓名和一個位於基希海姆的住址，我搭車前往。

「施密茲小姐嗎？她今天上午搬走了。」

「那她的家具呢？」

「那些家具不是她的。」

「她住在那間公寓裡多久了？」

「這關你什麼事？」隔著門上的窗口跟我說話的婦人關上了窗。

在電車公司的行政大樓，我一路詢問，問到了人事部門，負責人態度和善而且擔心。

「她今天早上打電話來，打來的時間還足夠我們安排別人來代班，她說她不來上班了，再也不來了。」他搖搖頭。「兩個星期前她就坐在你現在坐的位子上，我告訴她我們想培訓她成為電車駕駛，結果她放棄了這一切。」

過了好幾天，我才想到去戶政機關走一趟。她登記了她將搬到漢堡，但沒有留下通訊地址。

我難過了好幾天，同時小心翼翼地不讓爸媽和兄弟姊妹察覺，吃飯時我稍微聊上幾句，稍微吃幾口東西，在我忍不住想吐時能及時走到廁所。我去上學，也去游泳池，我在游泳池一個僻靜的角落度過那些下午，在一個沒有人會去找我的地方。我的身體渴望著漢娜，但是比身體上的渴望更難受的是那份內疚。為什麼她站在那裡時，我沒有一躍而起，朝她跑過去！對我來說，這一個小小的情境就反映出我過去這幾個月的三心二意，我否認了她的存在，背叛了她，她離開是為了懲罰我。

有時候我試圖說服自己我看見的並不是她。既然我沒能真正看清那張臉，我怎麼能夠確定那人是她？如果是她，我難道會認不出她的臉嗎？所以，我豈不是可以確定那不可能是她嗎？

但我知道那人是她，她站在那裡凝望，而一切都為時已晚。

第二部

/ 1 /

漢娜離開這座城市之後，過了好一段時間，我才不再到處尋覓她的蹤影，才習慣了那些走樣的下午時光，才能夠打開書本來看，而不去想它們是否適合朗讀。過了好一段時間，我的身體才不再渴望她的身體；有時候我察覺自己在睡覺時用雙臂和雙腿去摸索她，哥哥好幾次在吃飯時繪聲繪影地說我在睡夢中喊著「漢娜」。我也記得在課堂上就只夢想著她，一心只想著她。在頭幾個星期裡折磨著我的內疚逐漸消失，我避開她住的那棟房子，改走別條路，而在半年之後，我們家也搬到了另一個城區。並非我忘了漢娜，但是對她的回憶不再如影隨形地跟著我。她留在後面，就像火車向前行駛時把一座城市留在後面。它就在那兒，在你身後，你可以搭車前往，確認它的存在，但你何必這樣做。

中學的最後幾年和大學的頭幾年在我記憶中是快樂的。不過，關於那段歲月我能說的很少。那些年過得很輕鬆，中學畢業考對我來說並不困難，法律系的課業也不難（選擇讀法律是因為我不知道該讀哪個科系才好），交友、談情說愛和分手不難，對我來說什麼都不難，一切都很容易，一切都無足輕重，也許正因為如此，那段回憶的分量才會這麼少，還是說是我故意只保留少量的回憶？我也懷疑這份快樂的回憶是否與事實相符。如果我回想得久一點，就會想起夠多令我羞愧和痛苦的情況，而我也知道我當時雖然告別了對漢娜的回憶，卻並未克服這段回憶。在漢娜之後，我再也不受人屈辱，再也不低聲下氣，再也不怪罪自己，再也不感到內疚，不再對任何人付出太多的愛，免得失去對方會令我痛苦，這就是我當時的感受，雖然我並沒有想得這麼清楚。

我養成了一副傲慢自大、高高在上的姿態，表現得像是什麼都打動不了我，什麼都震撼不了我，也迷惑不了我，我凡事都置身事外，我記得曾有一位老師看穿了這一點，向我提起這件事，而我倨傲地打發了他。我也記得蘇菲，在漢娜離開這座城市之後不久，蘇菲就被診斷出患了肺結核。她在療養院裡待了三年，在我剛去讀大學時才回來，她感到寂寞，試圖和老同學聯絡，而我不難佔領她的芳心。在我們上床之後，她察覺我的心並不真的在她身上，於是她流著淚說：「你是怎麼了？你是怎麼了？」我也記得我爺爺，在他去世之前我最後幾次去看他時，有一次他想要賜福於我，而我對他說我不信這一套，不認為這有什麼意義。如今我很難想像當年我在做出這種行為之後，竟然會感覺良好。我也記得，充滿愛意的小小舉動會使我喉頭哽咽，不管那些舉動是針對我還是別人。有時候電影中的一幕就足以令我鼻酸，這種冷漠無情和多愁善感並存的情況，就連我自己都覺得可疑。

2

我在法庭上再次見到漢娜。

那不是與集中營有關的第一件案子，也不是什麼大案子。有一位教授把這件案子當成一門討論課的題材，因為他希望藉由學生的協助來密切關注整個審判過程，並且加以評估。這位教授屬於當時研究納粹歷史和相關訴訟程序的少數學者。我已經不記得他當時想要檢視、證實或反駁的是什麼，但我記得在那門課上討論過「刑罰不可溯及既往」。如果要將那些集中營守衛和劊子手判刑，單憑所依據的法律條文在他們犯罪之時即已存在是否就夠了？還是說，事情要取決於那一條法律在他們犯罪之時如何被理解、被應用？該條法律在當時是否並不適用於他們？何謂法律？是寫在書上的，還是在社會中實際上被實施、被遵守的？還是說，不管有沒有寫在書上，法律乃是在正當情況下必須被實施、被遵守的？那位教授是位老先生，曾流亡海外而後歸來，但是在德國的法學界仍是個局外人，他以淵博的學識參與討論，但同時保持著距離，因為他不再認為淵博的學識足以解答這個問題。「請各位看看那些被告，你們將不會發現真的有人認為自己當時有權殺人。」

那門課開始於冬季，開庭審判則是在春天，過程長達數週。法庭從週一到週四開庭，教授把學生分成四組，一組負責一天，逐字記錄審判過程。週五是那門討論課的上課時間，用來檢討這一週以來在法庭上所發生的事。

檢討！檢討過去！我們那幾個修這門課的學生自視為檢討過去的先鋒。我們用力推開窗戶，讓新鮮空氣進來，這個社會任由過去的可怕罪行積滿灰塵，我們要讓風吹進來，捲起所有的塵埃。我們要確保人們能夠呼吸，能夠看清事實。我們也不寄望於淵博的法律學識，我們深信定罪有其必要，也深信將某個集中營守衛和劊子手判刑只是事情的表面。該被審判的是一整個世代的人，那一代人用了這些守衛和劊子手，或是沒有阻止他們，在一九四五年之後可以把他們逐出社會時也沒有驅逐他們，而我們在一場檢討和教化的審判中將一整個世代的人定罪，要他們感到羞恥。

我們的父母在第三帝國時期扮演的角色各不相同，有些同學的父親曾經參與戰爭，其中有兩、三個德國國防軍軍官和一個納粹武裝黨衛隊軍官，有幾個同學的父親在司法機關和行政部門擔任公職，我們的父母當中也有老師和醫生，一個同學的伯伯曾經是第三帝國內政部的高官。我很確定，如果我們去問他們，而他們也回答了，他們告訴我們的故事會大不相同。我父親不願意談他自己的事，但我知道他當年由於打算要開一門講述史賓諾沙的課而失去了哲學系的教職，後來在一家出版社審閱旅遊地圖和書籍，藉此養活我們一家人，度過了戰爭時期。我憑什麼判定他應該感到羞恥？但我卻這麼做了，我們全都判定自己的父母應該感到羞恥，就算我們只能指控他們在一九四五年以後姑息了那些罪犯。

上那門討論課的同學發展出一種強烈的群體認同，我們是修「集中營討論課」的學生，起初是其他學生這樣稱呼我們，不久之後我們就也這樣自稱。我們所做的事引不起其他學生的興趣，令許多人敬而遠之，也令某些人反感。如今回想，當年我們一心想要得知那些恐怖罪行，也想讓其他人得知，那份熱切的確令人反感。我們所讀到和聽到的事件愈是可怕，我們就更加肯定自己肩負著教化與控訴的使命，就算那些事件令我們覺得無法呼吸，我們還是得意洋洋地將之舉起示眾，看哪！

我選修這門課純粹是出於好奇。那畢竟是門不一樣的課，講的不是買賣法，也不是正犯與共犯，不是《薩克森法典》[7]，也不是法律哲學的古董。我也帶著已經養成的那副傲慢自大、高高在上的姿態去上這門課。但是隨著冬天過去，我愈來愈無法抽離，無法從我們所讀到、聽到的事件中抽離，也無法從修這門課的同學的滿腔熱忱中抽離，起初我欺騙自己說我只想分享學術上的熱忱，或許還有政治上和道德上的熱忱。但其實我想要的更多，我想要分享那份共有的熱忱。其他人可能仍然覺得我疏遠、傲慢，我自己在冬季那幾個月裡卻覺得自己有所歸屬，覺得內心平靜，很清楚自己在做什麼，也和同學齊心協力。

7.《薩克森法典》（Sachsenspiegel）亦稱《薩克森明鏡》，十三世紀日耳曼地區的古老法典，是後世許多法律文獻的基礎。

3

開庭審判是在另一個城市，車程大約是一小時。平常我從來沒必要去那兒，負責開車的是另一個同學，他在那兒長大，對那地方很熟。

那天是星期四。審判在週一展開，前三天都用來處理辯護律師的聲請法官迴避狀。我們是第四組，隨著法庭將審訊被告本人，我們將目睹審判的真正開始。

我們沿著山景路行駛，沿路都是開花的果樹。我們興高采烈，情緒高昂，因為我們終於能夠在我們準備好要做的事情上證明自己。我們不認為自己只是單純的觀眾、聽眾和記錄者。觀看、聆聽和記錄是我們對於檢討過去所做的貢獻。

那座法院建於十九世紀末二十世紀初，但是沒有那個時代的法院建築常見的華麗和幽暗。陪審法庭開庭的審判廳在左邊有一排大窗戶，乳白色的玻璃阻絕了看向窗外的視線，但是讓大量光線透進來。檢察官坐在窗前，由於背光，在明亮的春日和夏日只能依稀辨識出他們的輪廓。審判人員包括三名身穿黑袍的法官和六名陪審員，坐在審判廳的正前方，右邊則是被告和辯護律師的席位，由於人數眾多，加了好幾排桌椅，一直延伸到中央的觀眾席前方。有幾名被告和辯護律師背對著我們而坐，漢娜就是其中之一。當她的名字被叫到，她站起來，走向前，我才認出她來。當然，我立刻就認出了那個名字：漢娜・施密茲，然後我也認出了她的身形、她束了髮髻而顯得陌生的頭部、她的後頸、寬闊的背部和有力的臂膀。她站得很挺，一雙腿穩穩站立，手臂輕鬆下垂。她穿著一件灰色短袖洋裝。我認出了她，但是我什麼感覺都沒有，一點感覺都沒有。

她回答法官的問題。是的，她想站著。是的，她於一九二二年十月二十一日出生於赫爾曼施塔特（現羅馬尼亞），現年四十三歲。是的，她曾經在柏林的西門子工廠工作，在一九四三年秋天加入了納粹武裝黨衛軍。

「妳是自願加入納粹黨衛軍的嗎？」

「是的。」

「為什麼？」

漢娜沒有回答。

「妳加入了納粹黨衛軍，雖然西門子工廠提供妳升任領班的機會，此事屬實嗎？」

漢娜的辯護律師從座位上跳起來。「在這裡用『雖然』是什麼意思？是假定一名女性會寧可在西門子工廠擔任領班，而不去加入納粹黨衛軍嗎？沒有理由用這種問題來質問我當事人的決定。」

他坐下來。他是辯護律師當中唯一的年輕人，其他人都上了年紀，而且很快就看得出來有幾個以前曾是納粹份子，漢娜的辯護律師避免使用其他律師的行話和論點，但是他太浮躁、太急切，這對他的當事人不利，一如其他律師那些納粹腔調的長篇大論也對他們的當事人不利。他雖然使得審判長面露不悅，不再追問漢娜為什麼加入納粹黨衛軍，但是給人留下的印象仍然是她從軍乃是經過審慎考慮，並非迫不得已。一名陪審法官後來問的問題也無法再改變這個不良印象，他問漢娜她預期在納粹黨衛軍那兒得到什麼樣的工作，漢娜說明納粹黨衛軍在西門子和其他工廠徵求婦女加入守衛工作，她就去報了名，並且獲得錄用。

審判長讓漢娜用簡答來確認下列事實：她被派駐在奧斯威辛集中營直到一九四四年春天，被調派到克拉克夫附近一座規模較小的集中營直到一九四四年至四五年的冬天；她隨著集中營囚犯往西方遷移，也抵達了西方；戰爭結束時她在卡塞爾，後來四處遷徙。她曾在我的家鄉城市住了八年，那是她住過最久的地方。

「經常更換居住地就表示當事人有逃亡之虞嗎？」律師這句話中的嘲諷之意十分明顯。「我的當事人每次更換居住地都曾向警方登記遷出和遷入，沒有證據顯示她在逃亡，也沒有什麼事證是她能夠湮滅的。難道羈押法官不讓我的當事人保有人身自由，係基於被指控之罪行的嚴重性，以及有引發公眾不安之虞？庭上，這是納粹式的逮捕理由，係由納粹所採用，在納粹之後已經遭到廢除，現在已經不存在了。」律師帶著揭露一樁辛辣真相時的洋洋自得。

我吃了一驚，我發現我認為漢娜理所當然該被羈押，並非由於她遭到起訴，也並非由於罪名的嚴重和涉嫌的重大，這些我還根本不知其詳，而是因為她待在牢房裡就不存在於我的世界，不存在於我的生活。我希望她離我遠遠的，遠到無法觸及，讓她能夠就只是個回憶，過去這些年裡她也已經只成了我的一段回憶。假如這個律師成功了，我就得要有與她相遇的心理準備，那我就得要想清楚我想要如何與她相遇，應該如何與她相遇，而且我看不出來他怎麼可能不成功，如果漢娜在這之前不曾試圖逃亡，她現在又何必試圖逃亡？而她又能湮滅什麼證據？當時並沒有別的理由將她羈押。

審判長又面露不悅，而我漸漸明白那是他的伎倆，每當他覺得一段發言妨礙了審判並且惹人生氣，他就會摘下眼鏡，用患有近視的模糊目光看著發言者，皺起眉頭，若非忽略那段發言，就是用「所以，你的意思是」或「你想說的是」來重複對方說過的話，那語氣讓人毫不懷疑他無意考慮這段發言，而強求他去考慮也沒有意義。

「所以，你的意思是，針對被告在收到法院寄出的通知和傳票之後沒有去向警方、檢察官和法官報到，羈押法官不該認為情節重大？你想要聲請撤銷羈押嗎？」

律師提出了聲請，而法庭加以駁回。

／4／

法庭的審判我一天也沒有錯過，令其他同學感到訝異。教授則樂於見到我們當中有一個人能讓下一組同學得知上一組同學的所見所聞。

漢娜只有一次看進觀眾席，朝我看過來。除此之外，在開庭審判的每一天，當她被一名女警帶進來，還有當她就座的時候，她的目光都盯著前面的長椅。這使她顯得高傲，而她不和其他被告交談，也幾乎不和她的律師交談，這也使她顯得高傲。不過，審判的時間持續得愈長，其他被告就也愈來愈少交談。他們在中間休息時間和親戚朋友站在一起，早上看見親友坐在觀眾席上時向他們揮手打招呼，漢娜在休息時間仍舊坐在她的位子上。

於是我從她的背後看著她，看著她的頭部、她的後頸、她的肩膀，同時設法解讀她的頭部、她的後頸、她的肩膀。當審判的對象是她，她就把頭抬得特別高，當她自覺受到了不公平的對待、受到了誣蔑和攻擊，並且竭力想要反駁，她就會把肩膀向前推，後頸會變粗，使得一條條肌肉更明顯地露出來。她的反駁一次次失敗，而她的肩膀也一次次下垂。她從不聳肩，也從不搖頭。她太過緊繃，無法容許自己輕鬆地聳肩或搖頭。她也不容許自己歪著頭、垂著頭，或是用手撐著頭。她坐在那兒，彷彿凍結了，這種坐姿想必很痛苦。

有時候會有幾綹頭髮從她挽緊的髮髻裡溜出來，鬈曲著垂在她後頸上，在微風裡從後頸上拂過。有時候漢娜穿的洋裝領口夠寬，露出了她左肩上的胎痣。這時我就會想起當年我如何輕輕吹開她後頸上的髮絲，如何親吻這個胎痣和她的後頸，但是這番回憶並沒有在我心中引發任何感覺。

在長達數週的審判過程中，我什麼感覺都沒有，我的感覺彷彿麻木了。偶爾我會挑動我的感覺，想像漢娜在做她被指控的事，盡我所能地想像得歷歷在目，也想像她後頸上的頭髮和肩膀上的胎痣在我記憶中所喚起的她。那就像是用手去掐打針後麻木的手臂。手臂不知道自己被手掐了，手卻知道自己去掐了手臂，而大腦在最初那一刻分不清這兩者，但是在下一刻就又分得清清楚楚。也許那隻手掐得太用力，使得被掐之處暫時發白。然後血液回流，被掐之處又有了血色，但是感覺卻沒有跟著回來。

是誰替我打了那一針？是我自己嗎？因為如果沒有麻醉我就忍受不了？這份麻木不僅是在審判廳裡起作用，也不僅能夠讓我看著漢娜，彷彿曾經愛過她、渴望她的是另一個人，一個我熟悉的人，但卻不是我自己。在所有其他事情上我也站在自己旁邊冷眼旁觀，看著我上大學，看著我和父母和兄弟姊妹在一起，和朋友在一起，看著我如常運作，內心卻置身事外。

一段時間以後，我認為我在其他人身上也能觀察到類似的麻木。並非在那些律師身上；視他們的個人性情和政治性格而定，他們在整個審判過程中都一逕自以為是地大聲爭辯，迂腐尖刻，或是厚顏無恥地聒噪不休。雖然審判過程令他們筋疲力盡，到了晚上他們就比較疲倦，或許也比較尖銳。但是過了一夜之後，他們就又充飽了電，或是鼓足了氣，於是隔天上午就像二十四小時之前一樣聲嘶力竭。檢察官努力想要並駕齊驅，想跟律師一樣日復一日展現出相同的鬥志，但卻做不到。起初是因為審判的罪名和結果令他們太過震驚，後來則是因為那份麻木開始起了作用。而這份麻木在法官和陪審員身上所起的作用最為強烈。在審判進行的頭幾個星期，他們在得知那些可怕的罪行時顯然深受震撼或是勉強保持鎮靜，只見敘述者有時聲淚俱下，有時哽咽無聲，有時心慌意亂，有時六神無主。後來他們的表情就又回復正常，能夠面帶微笑地交頭接耳；當證人敘述時離了題，他們也會流露出一絲不耐。當審判中討論到要前往以色列去訊問一名女性證人，他們就遊興大發，一再重新感到震驚的是另外幾組同學，他們每週只來法庭旁聽一次，於是這種情況每次都重新發生：可怕的事闖入了日常生活，每天都來旁聽的我與他們保持著距離，觀察著他們的反應。

就像集中營的囚犯僥倖存活了一個月又一個月，習慣了集中營裡的生活，帶著自己目睹謀殺和死亡時的那份麻木，對新來的囚犯所流露出的震驚無動於衷。凡是有關倖存者的文獻都提到這份麻木，在這份麻木之中，生命的機能縮減了，行為舉止變得漠不關心、不在乎他人，毒死和燒死成了家常便飯。在少數由犯罪者所作的陳述中，煤氣室和焚化爐也以日常風景出現，犯罪者本身被縮減為少數的功能，表現出不顧他人和漠不關心，在這種無動於衷裡也像是麻木了或喝醉了。在我看來，那些被告就好像仍然被困在這份麻木中，也將永遠被困在其中，可以說是困在其中成了化石。

當時我就已經覺得很不好受，當我去思索這份眾人共有的麻木，想到這份麻木不僅籠罩在犯罪者和受害者身上，也籠罩在我們身上，我們這些事後以法官、陪審員、檢察官或記錄者的身分被牽扯進來的人。當我把犯罪者、受害者、死者、生者、倖存者和戰後的一代拿來相提並論，即使是如今也還是令我不好受。我們可以把這些人相提並論嗎？如果我在一番談話中準備要這麼做，我總是先強調相提並論並不能抹煞差異，亦即一個人是被迫進入集中營的世界還是自願，是承受了苦難還是把苦難加諸於別人身上，我會強調這個差異才是最重要、最關鍵的。但是對方仍然會又驚又怒，如果我不是在別人提出異議時才作這番說明，而是在別人尚未提出異議之前就先行說明。

同時我也自問，而且是當時就已經開始自問：身為後輩的我們這一代究竟該如何面對滅絕猶太人的恐怖罪行？我們不該認為能夠理解那無法理解的事，不該去比較那些無法比較的事，不該去追問，因為即使追問者並未懷疑那些恐怖罪行的存在，卻還是把那些恐怖的罪行變成了話題，而沒有視之為他只能在震驚、羞愧和內疚中無言以對的東西。我們只能在震驚、羞愧和內疚中啞口無言嗎？這樣做的目的何在？並不是說我參加這門討論課時所懷著的檢討和教化熱忱在審判過程中消失了。但是，少數人被定罪、被懲罰，而身為後輩的我們則在震驚、羞愧和內疚中啞口無言——這難道就是對的嗎？

5

第二個星期宣讀了起訴書，花了一天半的時間，聽了一天半的虛擬式句型[8]。據稱第一名被告……其後她……此外她……因此符合刑法第幾條的構成要件，此外還符合了這一條或那一條的構成要件……她也做出了不法而且有罪的行為。漢娜是第四名被告。

這五名女性被告當年是克拉克夫附近一座小型集中營的守衛，那是奧斯威辛的一個外圍營區。她們在一九四四年春天被調派到那裡，去取代一批在工廠爆炸事件中死傷的女性守衛，那座工廠是集中營的女囚工作的地方。起訴書中有一項罪名是針對她們在奧斯威辛的行為，但是不如其他幾項罪名重要，如今我已經不記得了。莫非這項罪名根本和漢娜無關，而只涉及另外幾名被告？這項罪名是在和其他幾項罪名相比之下顯得無關緊要，還是說本身就無足輕重？一個曾在奧斯威辛工作而如今遭到逮捕的人，卻沒有因為他在奧斯威辛的行為而被起訴，這是否令人無法忍受？

當然，那座集中營並非由那五名被告指揮。營裡有一名指揮官，有警衛隊，也還有其他的女性守衛。在集中營囚犯被迫向西方遷移的途中，有一天夜裡遭到轟炸，大多數的警衛和守衛沒能活下來，另一些則在那一夜裡跑得不知去向，一如那個指揮官，他在隊伍出發向西方行進時就溜走了。

經過那一夜的轟炸，在那些囚犯當中原本也不會有人生還，卻還是有一對母女活了下來。後來那個女兒寫了一本書在美國出版，敘述那座集中營和那列向西方行進的隊伍。警方和檢調機構不只找到了這五名被告，也找到了幾名證人，他們是一座村莊的居民，那場轟炸就是在那座村莊阻止了那列隊伍繼續西行。最重要的證人是那對母女，女兒來到了德國，她母親則留在以色列。為了

8. 德文動詞變化中的虛擬一式係用於轉述別人所說的話，在法庭上轉述被告的供詞也屬於這種情況。只要句子裡用了虛擬一式，前面無須加上「被告說」，就知道乃是被告自己的陳述。

訊問那個母親，法官、檢察官和辯護律師都將前往以色列，這是審判過程中我唯一沒有親臨現場的一段。

起訴的一項主要罪名涉及集中營裡的篩選，每個月都有六十名新女囚從奧斯威辛送過來，也有六十名女囚被送回去，扣除在這個月裡死亡的人。大家都很清楚被送回奧斯威辛的女囚將會遭到殺害，被送回去的是那些無法再去工廠工作的女囚。那是座彈藥工廠，原本的工作並不沉重，但是那些女囚做的幾乎都不是原本的工作，而是得做建築工地的粗活，因為春天的那場爆炸導致工廠嚴重受損。

起訴的另一項主要罪名則涉及結束了一切的那個轟炸夜，集中營的警衛隊和守衛把數百名女囚關在一座村莊的教堂裡，大多數的村民都已經逃走，落下的炸彈只有幾顆，也許是想炸毀附近的鐵路或工廠，也可能只是把攻擊一座大城市之後剩餘的炸彈扔下。一顆炸彈擊中了警衛隊和守衛用來過夜的牧師宅，另一顆擊中了教堂的尖塔。最先起火燃燒的是那座尖塔，接著延燒到屋頂，然後整個屋樑構架燃燒坍塌，落在教堂裡，一排排座椅起火燃燒。那幾扇沉重的門卻屹立不搖，這幾名被告原本可以把門鎖打開，但她們沒有這樣做，於是那些被關在教堂裡的女囚就這樣被活活燒死了。

6

對漢娜而言，這場審判不可能更糟了。她在接受人別訊問[9]時就沒有給審判人員留下好印象，在宣讀起訴書之後，她舉手發言，說有些地方與事實不符。審判長不高興地斥責她，說她在主要審判程序開始之前就已經有足夠的時間來研讀起訴書，如有異議當時就該提出，現在已經進入主要審判程序，起訴書是否符合事實將由調查證據來顯示。在調查證據開始時，審判長提議不在法庭上宣讀那個女兒所寫那本書的德文版，因為一家德國出版社準備出版那本書，所有當事人都拿到了樣稿。這時，漢娜的律師必須要說服她表示同意，而審判長不高興地看著這一幕。她不想表示同意，也不願意接受她曾在之前的訊問中承認她持有那座教堂的鑰匙。她說她沒有那把鑰匙，沒有人有那把鑰匙，那座教堂並非只有單單一把鑰匙，而是有好幾把鑰匙，分屬好幾扇門，而那些鑰匙是從外面插在門鎖裡，但是在她接受訊問的筆錄中所記載的卻不同，那份筆錄曾交由她閱讀並且簽名。她質問別人為何要強迫她承認她沒有說過的話，這也於事無補。她並沒有大聲質問，也並未強詞奪理，但是很固執，而且我看得出也聽得出她感到困惑無助。當她說起別人想要強迫她承認她沒有說過的話，她並非在指責法庭枉法，但是審判長卻這樣解讀，因此反應很嚴厲。漢娜的律師跳起來，慷慨陳詞，熱心而急躁，審判長問他是否也要提出他委託人對法庭的指責，於是他又再坐下。

漢娜想把事情做對，當她認為自己被冤枉了，她就會反駁；當她認為對她的指責所言屬實，她就會承認。她反駁時很固執，承認時很甘願，彷彿藉由承認就得到了反駁的權利，或者說是隨著反駁而承擔了承認的義務，必須承認她出於誠實所不能否認的事，但她沒有察覺她的固執惹惱了審判長。她不了解事情的前後關聯，不了解遊戲規則，不了解法庭將如何從她和其他人的證詞中推算出有罪或無罪、定罪或釋放的結果。若要彌補她對情況的了解不足，她的律

9.「人別訊問」係指訊問被告的姓名、年齡、籍貫、職業和住所，以確定到場的人確實是被告本人，是法官開始問案時的必要程序。

師就必須要更有經驗、更有自信，或者簡單地說就是得要更優秀。而漢娜也不該讓他如此為難；她顯然不信賴他，卻又沒有挑選一位她所信賴的律師，她的律師乃是由審判長所指派的公設辯護人。

偶爾漢娜會獲得某種成功，我記得她被問到集中營裡篩選囚犯一事。另外幾名被告都否認曾與此事有任何關係，漢娜卻坦然承認曾參與此事，並且說她不是唯一參與此事的人，而是和其他人一起，她的坦白使得審判長認為有必要再進一步追問。

「篩選如何進行？」

漢娜說明那些女性守衛達成共識，從她們所負責的六個大小相同的區域挑出人數相同的囚犯，每個區十人，一共六十人。不過這個數目可以調整，如果某一區生病的囚犯不多，而另一區生病的囚犯很多，最後則由所有值勤的女性守衛一起決定該把哪些囚犯送回去。

「妳們當中沒有人不參與，大家都共同行動？」

「是的。」

「難道妳不知道那些囚犯一旦被送回去就必死無疑嗎?」

「我知道,可是新的囚犯來了,原有的囚犯就必須讓出位置。」

「也就是說,因為妳想要騰出位置來,所以妳就說:妳、妳還有妳必須被送回去殺掉?」

漢娜不明白審判長這個問題的意思。

「我……我的意思是……換作是你,你會怎麼做呢?」漢娜提出這個問題是認真的。她不知道當年她還能怎麼做,能有什麼不同的做法,因此想從似乎無所不知的審判長口中聽聽他會怎麼做。

法庭上頓時安靜下來。在德國的刑事訴訟中,由被告向法官提出問題是不合規矩的。可是既然問題已經提出,大家就都等待著法官回答。他必須回答,不能置之不理,也不能用一句斥責或反問來駁回。這一點大家都明白,他自己也明白,而我了解他何以習慣露出惱怒的表情。他把這副表情當成了面具,躲在這副面具後面,他可以給自己一點時間來想出回答。但是時間不多,因為他拖得愈久,氣氛就愈緊張,大家的期望也就愈高,而他的回答就必須更好。

「有些事我們就是不能參與，只要不必付出生命作為代價，就必須退出。」

同樣這番話，假如他是針對漢娜或他自己而說，或許勉強可以服眾。可是泛泛地去說我們必須怎麼做，不該怎麼做，我們要付出什麼代價，就辜負了漢娜提出那個問題的認真。她想要知道的是以她當年的處境她應該怎麼做，而不是有些事是我們不該做的，法官的回答顯得無助而可悲。大家都感覺到了，發出失望的嘆息，並且驚訝地看著漢娜，在某種程度上她在這一回合的舌戰中獲勝，但是她自己仍在思索。

「所以說，我應該……我不該……我在西門子工廠時不該去報名？」

這個問題並非針對法官而發，而是在自言自語，她在問自己，問得很猶豫，因為她還不曾問過自己這個問題，也懷疑這樣問是否正確，而答案又是什麼。

/ 7 /

漢娜的堅持反駁惹惱了審判長，而她的坦然承認則惹惱了另外幾名被告，這份坦白對她們和漢娜本身的辯護都很不利。

其實，證據原本對被告有利。針對起訴的第一項主要罪名，唯一的證據就是那對母女的證詞和那個女兒所寫的書，一個優秀的辯護律師本來可以言之鑿鑿地否認進行篩選的就是這幾名被告，而無須質疑那對母女的證詞。在這一點上，證人的陳述並不精確，也不可能精確。畢竟集中營裡有指揮官、警衛隊和其他的女性守衛，在任務分派和執行命令上也有一套層級分明的制度，囚犯只接觸到其中一部分，因此也只能看清一部分。第二項罪名的情況也與此類似。這對母女當時被關在教堂裡，因此無法針對教堂外面所發生的事提出證詞。這幾名被告雖然無法佯稱自己當時不在現場，因為有幾個當年住在那座村莊的居民出面作證，表示曾經和她們說過話，還記得她們。但是這些證人也得要小心避免招來指責，說他們自己本來也可以去拯救那些囚犯。如果當時就只有這幾名被告在場，那些村民難道不能制伏這幾個女人，然後自己去打開教堂的門嗎？有了這份顧忌，他們豈不是得要轉而加入替被告辯護的陣線，聲稱被告乃是被迫行事？係受到並未逃走的警衛隊的強制或命令？或是說這幾名被告至少是假定警衛只是暫時離開，例如去把傷者送到戰地醫院，不久之後就會回來？這不僅能夠減輕被告的責任，也能減輕這些證人自己的責任。

當另外幾名被告的辯護律師發現這些策略都由於漢娜的坦白承認而失敗，他們就改變了策略，利用漢娜的坦承來嫁禍於她，好讓另外幾名被告脫罪，那幾名辯護律師這樣做時保持著專業的分寸，另外幾名被告則憤怒地插嘴附和。

「妳剛才說妳知道那些囚犯被送回去是去送死，這句話只適用於妳，不是嗎？因為妳沒辦法知道妳的同事都知道些什麼，妳也許可以猜想她們知道些什麼，但是終究無法斷定，不是嗎？」

另一名被告的律師詰問漢娜。

「可是我們大家都知道……」

「說『我們』、『我們大家』要比說『我』、『就只有我』來得容易，不是嗎？在集中營裡就只有妳給予一些囚犯特別關照，都是些年輕女孩，每過一段時間就換一個，這件事屬實嗎？」

漢娜猶豫了。「我認為不是只有我……」

「妳這個卑鄙的女人，妳說謊！妳的那些寵兒就只是妳一個人的！」另一個被告顯然情緒激動，她是個粗俗的婦人，肥胖如母雞，一張嘴尖酸刻薄。

「有沒有可能當妳說妳『知道』的時候頂多只是這樣認為，而當妳說妳『認為』的時候根本就只是捏造？」那個律師搖搖頭，假裝對她的肯定答覆感到遺憾。「所有那些受到妳特別關照的女孩，等妳厭倦了她們，就把她們放進下一批被送回奧斯威辛的囚犯，這也屬實嗎？」

漢娜沒有回答。

「那是妳專有的篩選，妳個人所作的篩選，不是嗎？妳不想承認這件事，妳想把這件事隱藏在大家所做的事情背後，可是……」

「噢，天哪！」那個女兒雙手掩面，先前她在接受訊問之後坐到了觀眾席上。「我怎麼會忘了這件事？」審判長問她是否要補充她先前的證詞，而她沒有等到自己被叫到前面去就站了起來，站在觀眾席的座位上把話講完。

「沒錯，她是有寵兒，都是些柔弱的年輕女孩，她對她們特別關照，讓她們不必工作，住得比較好，吃得比較好，受到比較好的照顧，晚上就把她們帶到她那兒去。她不准那些女孩說出她晚上都和她們做些什麼，而我們以為她是和她們……也因為她們後來全都被送走，就像是她和她們玩過之後厭倦了她們。但其實根本不是這樣。有一天，其中一個女孩終於說了出來，我們才知道那些女孩是去替她朗讀，讀了一個晚上又一個晚上，這畢竟要勝過她們被……也勝過在建築工地累死，我當時一定是認為這樣比較好，否則我就不會忘記這件事。可是這真的比較好嗎？」她坐了下來。

漢娜轉過身來看著我。她的目光立刻就找到了我，於是我才察覺她一直都知道我在那裡。她就只是看著我，臉上的表情沒有在央求什麼，也沒有追求什麼，沒有保證什麼，也沒有承諾什麼，那張臉就只是呈現出自己。我看出她有多麼緊張和疲憊，她的眼睛底下有黑眼圈，左右臉頰上各有一道法令紋，是我以前沒見過的，紋路還不深，但是已經像一道疤痕一樣刻在她臉上，當我在她的注視下紅了臉，她移開目光，又轉過身去面向著長椅。

審判長問剛才訊問漢娜的那個律師是否還有其他問題要問被告，也問了漢娜的律師同樣的問題。問她啊，我心想。問她之所以挑選那些柔弱的女孩，是否是因為她們反正無法勝任在建築工地的粗活，因為她們反正會在下一批被送回奧斯威辛的囚犯當中，因為她想讓她們的最後一個月勉強好過一點。說啊，漢娜。說妳是想讓她們的最後一個月好過一點，說這就是妳挑選那些柔弱女孩的原因，說妳這樣做沒有別的原因，不可能有別的原因。

但是那個律師沒有問漢娜，而她也沒有主動發言。

／8／

那個女兒寫她生活在集中營裡那段歲月的書，直到那場審判過後才出了德文版。在審判期間雖然已經有了德文版的樣稿，但是只提供給與審判直接相關的人。我只好去讀英文版，這在當時對我來說很彆扭，也很吃力。而尚未掌握、讀來吃力的外語總是製造出一種既疏遠又親近的獨特感受。我把這本書讀得格外徹底，卻無法使它成為自己的一部分。它仍舊陌生，一如那個語言。

多年之後我又重讀了一次，才發現這本書本身就製造出距離。它並不吸引讀者認同，書中沒有博人好感的人物，包括那對母女在內，還有那些和她們母女命運相同的人，先是在幾個不同的集中營，最後則是在奧斯威辛和克拉克夫附近那座集中營。書中的囚監（協助管理其他囚犯的囚犯）、警衛和女性守衛都沒有清晰的面貌和形象，無法使讀者對他們持有某種態度，無法判斷他們是好是壞。這本書散發出我之前曾試圖描述的那種麻木，但是即使在麻木之中，那個女兒也並未失去觀察和分析的能力。而且她沒有陷於自憐，也沒有過度自信，雖然她的確流露出一份自信，由於她不僅熬過了集中營的歲月，活了下來，還能以文學形式加以描述。她以同樣的冷靜客觀去描寫她自己，描寫她在青春期的早熟行為，在逼不得已時的狡猾行為，就和她描述其他一切事物一樣。

漢娜的名字在書裡並未出現，也看不出哪個人物是她。有時候我以為在一個女性守衛身上認出了她，這個守衛被描述為年輕貌美，在執行任務時認真負責到喪盡天良，但是我不能確定。如果單單只看另外幾名被告，那麼就只有漢娜可能是前文中所描述的那個守衛。但是當年在集中營裡還有其他的女性守衛。這個女兒曾經在一個集中營碰到過一個被喊作「母馬」的守衛，同樣也是年輕貌美又能幹，但卻殘忍而衝動，集中營的這個守衛讓她聯想到母馬，其他人是否也作過這樣的比喻？漢娜也知道嗎？當我把她比喻成一匹馬，她是否想起了這件往事，所以才感到錯愕？

克拉克夫附近那座集中營是這對母女在奧斯威辛之後的最後一站，那裡的情況稍微好一點；工作雖然很沉重，但是單純，食物比較好，而且六個女囚睡一間房要勝過一百人擠在一個營區。營裡也比較暖和，女囚在從工廠回到營區的途中可以撿拾柴火帶回去。對篩選的恐懼的確存在，但是也不像在奧斯威辛那麼嚴重。每個月會有六十名女囚被送回去，從一千兩百名當中挑出六十名；這表示只要具有中等的體力，就能預期再活二十個月，而每個人至少還能希望自己比平均值更強壯一點，另外也還可以指望戰爭在二十個月之內就會結束。

厄運開始於集中營被解散，而囚犯被押解前往西方。那時是冬天，下著雪，女囚所穿的衣服完全不足以讓她們長途跋涉，她們在營區裡勉強能撐得住，在工廠裡就已經覺得冷，而更為不足的是她們的鞋子，那通常只是綁在腳上的破布和報紙，在站立和步行時還不至於鬆脫，卻無法在冰雪中長途步行。而且那些女囚不僅是步行，她們被驅趕，必須奔跑。「走向死亡？」那個女兒在書裡問，然後回答：「不，是跑向死亡，奔向死亡。」許多人在途中倒下，另一些人在穀倉裡或是倚著圍牆過夜之後就沒有再站起來。一週之後就死了將近半數。

比起穀倉和圍牆，教堂是比較好的棲身之處。先前當他們路過荒廢的農莊，留下來過夜，住屋都被警衛隊和女性守衛佔用。而在這座大半無人的村莊，警衛隊和守衛可以徵用牧師住宅，還能把優於穀倉和圍牆的棲身之處留給那批女囚。再加上囚犯在這個村莊裡甚至還分到了一碗熱湯，似乎預示著這場苦難即將結束，那批女囚就這樣睡著了。不久之後，炸彈落下，起初只有教堂的尖塔起火燃燒，這時在教堂裡雖然聽得見起火了，但是看不見。等到尖塔塔頂折斷，擊中了屋頂桁架，還又過了好幾分鐘才看得見火光。後來也有火苗墜落，點燃了衣服，燃燒的樑木垮下來，使得一排排座椅和佈道壇起火燃燒，在短短的時間裡，屋架就坍塌下來，掉進教堂的中殿，所有的東西都熊熊燃燒起來。

這個女兒認為，假如那批女囚立刻合力把其中一扇門撞開，她們本來還有逃生的機會。可是等到她們察覺發生了什麼事，將會發生什麼事，察覺沒有人來替她們把門鎖打開，那時已經太遲了。炸彈落下的聲音把她們驚醒時是在漆黑的深夜，有一會兒她們只聽見教堂尖塔裡有種古怪嚇人的聲響，於是屏氣凝神，想聽清楚那是什麼聲音，直到屋架明顯起火燃燒，她們才明白那劈哩啪啦的聲響來自一場大火，偶爾在窗戶後面閃出的光亮是火光，而在她們頭頂上的那聲重擊則意味著火勢已經從教堂尖塔蔓延到屋頂上。她們一旦明白了就尖叫起來，驚慌失措，大喊救命，衝向那幾扇門，用力搖撼，捶打，放聲尖叫。

當燃燒的屋頂桁架啪地墜落在教堂中殿，堅實的四壁像一座壁爐助長了火勢。大多數的女囚不是窒息而死，而是在熊熊烈焰中燒死的。到最後那場火甚至把包了鐵的教堂大門都燒穿了，但那已經是好幾個小時之後的事了。

那對母女之所以逃過這一劫，是因為那個母親誤打誤撞地作出了正確的決定。當那批女囚陷入恐慌，她忍受不了再待在她們之間，於是逃到唱詩班的廊台上。她不在乎那裡距離火焰更近，只想要獨處，離開那群尖聲叫喊、互相推擠、起火燃燒的女囚。那個廊台很窄，窄到沒被燃燒的屋樑擊中。母女倆緊貼著牆壁站立，看著、聽著那場大火肆虐。第二天白天她們不敢下去，也不敢出去，到了夜裡又害怕在黑暗中會踩空了梯階，找不到出去的路。等她們在第三天的黎明走出教堂，她們遇見了幾個村民，對方目瞪口呆地看著她們，不知如何是好，但還是給了她們衣服和食物，讓她們走了。

9

「為什麼妳沒有打開門鎖？」

審判長逐一向每個被告提出同樣的問題，被告則一個接一個地作出相同的回答，說她沒有辦法打開門鎖。為什麼呢？有人說自己在炸彈擊中牧師宅時受了傷，有人說自己因為炸彈落下而受到驚嚇，或是在炸彈落下之後照顧受傷的警衛和其他守衛，把他們從瓦礫中救出來，替他們包紮傷口，照顧他們。說自己沒有想到那座教堂，沒有待在教堂附近，沒有看見教堂起火燃燒，也沒有聽見教堂裡傳出的叫喊。

審判長逐一向被告提出同樣的告誡，說那份從納粹黨衛軍檔案中找到的報告讀起來不是這麼回事。審判長的措辭很謹慎，他這樣說是經過深思熟慮的，假如他說那份報告中所記載的與被告的說法不同，那就言過其實。但是說那份報告讀起來不是這麼回事，卻沒有錯。報告裡列出了名單，載明哪些人在牧師宅裡被炸死，哪些人被炸傷，誰用卡車把傷者送到戰地醫院，誰搭乘軍用吉普車護送，報告中提到女性守衛留下來等候火勢停歇，防止火勢蔓延，並且阻止那批囚犯在火勢的掩護下試圖逃走，報告上也提到了囚犯的死亡。

這幾名被告的名字不在報告中所列出的名單上，這就表示她們屬於當時留在現場的那批女性守衛，而這批守衛被留下來是為了阻止囚犯試圖逃走，這就表示她們的工作不僅限於從牧師宅裡救出傷者，送往戰地醫院。從報告上看起來，那些留下來的守衛任由那場大火在教堂裡肆虐，沒有打開教堂的門。從報告上看起來，這幾名被告就在那批被留下來的女性守衛當中。

被告一個接一個地說：不，事情並非如此。那份報告不正確。單從一點就能看得出來，報告上說那批留下來的女性守衛的任務是防止火勢蔓延，她們要如何執行這件任務？那實在太荒謬了，而另一件任務也同樣荒謬，亦即阻止囚犯在火勢的掩護下試圖逃走，試圖逃走？當她們不必再擔心自己人，而能夠去操心那些囚犯的時候，已經沒有人可逃了。不，那份報告完全錯判了她們在那一夜所做的事、所完成的任務和所受的苦，怎麼會有一份錯得這麼離譜的報告呢？她們也不知道。

直到審判長問到那個尖酸刻薄的肥胖被告。她倒是知道，「問她啊！」她指著漢娜。「報告是她寫的，一切都要怪她，都是她一個人的錯，而她想用這份報告來遮掩，把我們拖下水。」

審判長問了漢娜。不過，那是他問的最後一個問題，他的第一個問題是：「為什麼妳沒有打開門鎖？」

「我們那時候……我們……」漢娜試圖回答。「我們那時候不曉得還能怎麼辦。」

「妳們那時候不曉得還能怎麼辦？」

「我們當中有些人死了，另一些人開溜了，他們說要把受傷的人送到戰地醫院，然後就會回來，但是他們知道他們不會回來了，而我們也知道，說不定他們根本沒有開車去戰地醫院，那些受傷的人傷得沒那麼重。我們本來也想搭車一起走，但是他們說要把位子留給受傷的人，而且他們反正不……反正並不想帶這麼多女人一起走，我不知道他們去了哪裡。」

「妳做了什麼呢？」

「我們不知道該怎麼辦。一切都發生得太快了，牧師住宅燒了起來，教堂尖塔也燒了起來，那些警衛和車輛剛剛還在，轉眼就不見了，忽然就只剩下我們和教堂裡那些女人。他們留下了一些武器，但是我們不知道該怎麼用，而就算我們會用，那對我們又有什麼幫助？就憑我們這幾個女人？我們要怎麼看守那麼多囚犯？這樣一列隊伍會拖得很長，就算把她們集合起來也一樣，要看守這麼長的隊伍，需要有更多人手才行。」漢娜停頓了一下。「然後就聽見了尖叫聲，叫聲愈來愈悽慘，這時候如果我們把門打開，而所有的人都跑出來……」

審判長等待了片刻。「妳當時害怕嗎？害怕那些囚犯會制伏妳們？」

「害怕那些囚犯會……不，但是那樣一來，我們要怎麼維持秩序？那會造成一片混亂，是我們應付不了的，而如果她們試圖逃走……」

審判長又等待了一會兒，但是漢娜沒有把那句話說完。「妳害怕她們若是逃走，妳會被逮捕、被判刑、被槍斃？」

「我們總不能就那樣讓她們逃走！這明明就是我們的責任……我的意思

是，我們一直都在看守她們，在集中營裡，在路上，我們的工作就是看守她們，不讓她們逃走。所以我們才不曉得該怎麼辦，我們也不知道有多少囚犯再過幾天還能活著。已經有那麼多人死掉了，而那些還活著的人也已經那麼虛弱……」

漢娜察覺她所說的話對她的案子沒有好處，但是別的話她說不出口，她只能努力把她所說的話說得更明白，描述和解釋得更清楚。可是她說得愈多，對她的案子似乎就愈不利。由於她進退兩難，她又求助於審判長。

「換作是你，你會怎麼做呢？」

但是這一次她自己也知道她不會得到回答，也不指望得到回答，沒有人指望得到回答。審判長沉默地搖搖頭。

並不是說我們無法想像漢娜所描述的那種無助和無措，天寒地凍的黑夜，下雪，失火，教堂裡那些女囚的尖叫，發號施令並且一路護送她們的警衛消失無蹤——那當然不是容易應付的情況。但是，承認那是個困難的情況，難道就能使人對這些被告所做或沒做的事比較不感到震驚嗎？彷彿這就像是寒冷冬夜裡在一條僻靜的道路上發生了一場車禍，有人受傷，車子全毀，讓人不知道該如何是好？還是說這件事涉及兩種義務之間的衝突，兩種都需要履行的義務？我們可以這樣想像漢娜所描述的情況，但是我們卻不願意去想像。

「那份報告是妳寫的嗎？」

「我們一起考慮該怎麼寫，我們不想怪罪那些溜走的人，但是也不想被責怪。」

「所以妳的意思是妳們一起考慮過，那麼是誰寫的呢？」

「是妳！」其他幾名被告又指向漢娜。

「不，我沒有寫，是誰寫的，這重要嗎？」

一名檢察官提議找一位專家來比對那份報告的字跡和被告施密茲的字跡。

「我的字跡？你們想要我的字跡……」

審判長、檢察官和漢娜的辯護律師討論起來，一個人的字跡在超過十五年之後是否仍然不會改變，是否還能辨識出是誰寫的。漢娜聽著，幾度想要說話或發問，漸漸驚慌起來。然後她說：「沒有必要找專家來，我承認那份報告是我寫的。」

10

我對那門討論課每週五上課的情形沒有記憶，即使回想起那場審判，我也想不起我們做了什麼學術上的探討。我們都討論了些什麼？我們想知道什麼？教授教了我們什麼？

但我記得那些禮拜天。待在法庭的那幾天，讓我一反常態地渴望起大自然的色彩和氣息，每逢週五和週六，我得要彌補週一到週四所耽誤的功課，至少在練習課上能跟得上，能夠完成該學期的課程。到了星期天，我就出去走走。

聖人山、聖米歇爾修道院、俾斯麥塔、哲學家小路、河岸，每個星期天我所走的路線只有微幅的變化。每隔一週，那片綠意就更加飽滿，眼前的萊茵平原有時熱氣蒸騰，有時雨霧朦朧，有時被積雨雲籠罩。當豔陽高照，樹林裡瀰漫著莓果香和花香，下雨時則散發出泥土味和去年的落葉腐爛的氣味，這些變化對我來說就已經足夠。我原本就不是需要太多變化的人，也不會刻意求變。

下一趟旅行比上一趟再稍微走遠一點，下一次度假就去我上一次度假時發現並且中意的地方，曾有一段時間我以為我必須更大膽一點，於是勉強自己前往錫蘭、埃及和巴西，後來就又回復為把熟悉的地區摸得更熟一點，在那些地方我看見的更多。

我重新找到了樹林裡那個地方，當年我就是在那裡明白了漢娜的秘密。那個地方並沒有什麼特殊之處，當年也沒有，沒有奇形怪狀的樹木或岩石，沒有眺望城市和平原的別致景觀，沒有什麼會引發出人意料的聯想。當年我反覆思索漢娜的事，一個星期又一個星期，思緒都繞著相同的軌道打轉，後來有一個念頭分離出來，走上自己的路，最後得出了自己的結論。一旦得出了結論，苦思就此結束。那可能發生在任何地方，或至少是在任何我們所熟悉的地方，由於對環境的熟悉，使我們能夠察覺並接受出人意料的念頭，那念頭從內心慢慢滋長，而非由外界事物所引發，這就是當時發生在一條小路上的情形。那條陡峭的小路通往山上，穿過公路，經過一座水井，兩旁起初是陰森森的參天古木，然後穿過稀疏的小樹叢。

漢娜不識字。

所以她才要別人朗讀給她聽，所以在我們騎車出遊時，她把讀寫的任務都交給我，而那天上午在旅館，當她發現我留的紙條，料到我以為她會曉得上面寫些什麼，害怕自己將被揭穿，才會大發脾氣。所以她逃避了在電車公司獲得晉升；身為車掌，她能隱藏自己的缺陷，可是在接受駕駛員訓練時就會無所遁形，所以她逃避了在西門子工廠獲得晉升，而成為集中營守衛。所以她承認她寫了那份報告，以免要和筆跡鑑定專家對質，所以她才在審判當中拚命發言？因為她沒有能力閱讀那個女兒所寫的書，也沒有能力閱讀起訴書，沒有能夠看出她的辯護機會，無法事先做好準備？所以她才把她特別關照的那些囚犯送回奧斯威辛？好讓她們保持沉默，以防她們察覺了她的秘密？所以她才挑選那些柔弱的女囚？

這就是原因嗎？我能理解她為了自己不識字而感到羞恥，寧願使我感到詫異，也不想暴露自己的缺陷。由於羞恥而做出閃避、拒絕、隱瞞、偽裝乃至傷人的行為，這種事我自己也不陌生，可是難道漢娜在審判中和集中營裡的行為乃是由於不識字的羞恥？由於害怕被揭穿為文盲而寧願被揭穿為罪犯？由於害怕被揭穿為文盲而犯下罪行？

從那以後直到現在，我反覆思考這個問題不知道多少次，如果漢娜的動機是害怕被揭穿，為何她選擇被當作罪犯而非文盲？被揭穿為文盲不是無傷大雅嗎？被當作罪犯不是更糟嗎？還是她以為她不必被揭穿就能應付過去，逃過一劫。她就只是愚蠢嗎？難道她竟是那麼虛榮而邪惡，會為了避免被揭穿而犯罪？

從那以後直到現在，我也一再拒絕接受這個想法。我告訴自己：不，漢娜沒有選擇犯罪，而是選擇不要在西門子獲得晉升，因此而成了集中營的守衛。不，她之所以把那些柔弱的女囚送回奧斯威辛，不是因為她們曾替她朗讀，而是因為她們反正都得被送回去，她想讓她們的最後一個月好過一點，才挑選了她們來替她朗讀。不，在審判中漢娜並沒有為自己斟酌盤算要被揭穿為文盲還是被指為罪犯。她沒有作什麼算計，也沒有採用什麼策略，她接受了自己必須被追究責任的事實，只是不想被揭露更多隱私。她追求的不是自己的利益，而是為了她的真理和正義而奮戰。由於她總是得要偽裝自己，由於她從來無法完全坦白，從來無法坦然做她自己，她的真理是一種可悲的真理，她的正義是一種可悲的正義，但那是她的真理和正義，她為此而做的奮戰是她的奮戰。

她想必是筋疲力盡，她不僅是在審判中奮戰，而是一直都在奮戰，始終都在奮戰，不是為了展現她有能力去做的事，而是為了隱瞞她做不來的事。她以堅決的撤退來重新出發，把隱藏挫敗當成勝利，這就是她的人生。

漢娜離開我的家鄉城市時，她心中的糾結和我當年的想像大相逕庭，這兩者之間的落差讓我有一種異樣的感受，當年我深信是我趕走了她，因為我背叛了她、否認了她，而事實上她只是避免了在電車公司被揭穿為文盲。不過，就算她不是被我趕走的，也改變不了我背叛了她的事實，所以我還是有罪，如果說我沒有罪，因為背叛一個罪犯不會使人有罪，那麼我的罪就在於我愛過一個罪犯。

11

由於漢娜承認那份報告是她寫的，另外幾名被告就輕鬆多了，她們聲稱漢娜在不是單獨行動的事情上向其他人施壓，威脅別人，強迫別人，是她搶過了指揮權，發號施令的人是她，作決定的也是她。

針對這一點，那些作證的村民既無法證實，也無法反駁，他們看見好幾名身穿制服的女子在看守那座起火的教堂，看見教堂的門沒有被打開，因此他們也不敢去開門。隔天早上，他們遇見了這幾名女子，當時她們正準備出發，如今他們認出了她們就是這幾名被告，但是他們說不出在那天早上相遇時，是哪一名被告在發號施令，究竟有沒有人負責發號施令。

「但你們也不能排除是這一名被告作出了決定？」另一名被告的辯護律師指著漢娜。

他們不能排除，他們怎麼可能排除，而他們也不想排除，由於另外幾名被告顯然比較年長、比較疲憊、比較怯懦、比較忿忿不平。相形之下，漢娜儼然像個領袖人物。何況，現場有一個領袖人物也減輕了村民的責任；因為面對著一支嚴格領導的小隊而放棄救人，是比較說得過去的，如果他們面對的只是一群不知所措的婦女，那就另當別論了。

漢娜繼續奮戰，她承認事實，駁斥與事實不符的陳述。她的駁斥愈來愈激烈，流露出絕望。她並沒有提高嗓門，但是她發言時的賣力令法庭感到詫異。最後她放棄了。只在被問到時才發言，她的回答簡短，內容貧乏，有時漫不經心。現在她在發言時也繼續坐著，彷彿想要表明她已經放棄了。審判長也訝異地注意到這一點，他在審判之初就曾多次告訴她不必站著，大可以坐下。在審判快結束時，有時候我會覺得法庭似乎已經受夠了，想把這件案子作個了斷，心思已經不在這裡，而在別的地方，想要重新回到現在，在埋首於過去這麼多個星期之後。

我也受夠了，但是我無法把這件案子拋在腦後。對我來說，審判並非即將結束，而是才剛開始，我本來是觀眾，忽然成了參與者，成了場上的一員，成了參與決定的人。這個新角色並非我爭取來的，也不是我的選擇，但是不管我想不想，不管我要採取行動，還是完全被動，我都得扮演這個角色。

採取行動就只涉及一件事，我可以去找審判長，告訴他漢娜是文盲。告訴他她不是其他人所聲稱的罪魁禍首。她在法庭上的舉止並非顯示出她特別不受教、不明理或不知羞恥，而是因為她在事前並不清楚起訴書和那份書稿的內容，可能也因為她缺少運用策略和戰術的能力。她替自己辯護的能力明顯受損。她固然有罪，但是她的罪不像表面上看起來這麼重。

也許我無法說服審判長，但是我將能使他三思，使他去進一步了解。最後將會證明我是對的，而漢娜雖然會受到懲罰，但是受到的懲罰會比較輕，她雖然得要坐牢，但是將能早一點出獄，早一點重獲自由，這不就是她奮戰的目的嗎？

沒錯，她是為了這些而奮戰，但是她並不願意為了成功而付出被揭穿是文盲的代價。她也不會願意讓我出賣她的自我形象，只為了讓她少坐幾年牢。這種交易她自己就能做，而她沒有做，這就表示她並不想。對她來說，她的自我形象要比少坐幾年牢更有價值。

可是她的自我形象真的更有價值嗎？這種虛假的自我形象對她有什麼好處？它束縛了她，麻痺了她，使她無法伸展，以她用來維持這個人生謊言的精力，她早就能夠學會讀寫了。

當年我試圖和朋友討論這個問題，想像某個人正蓄意奔向毀滅，而你能夠拯救他，那麼你救還是不救？想像某個病人要動手術，而你知道他有毒癮，這種毒品和麻醉劑不相容，但是他對自己吸食毒品感到羞恥，所以沒有告訴麻醉師，那麼你要不要告訴那個麻醉師？想像一場審判，被告將被判刑，如果他不公開承認自己是左撇子，因此不可能犯下那樁由右撇子所犯下的罪行，可是他羞於承認自己是左撇子，那麼你要不要告訴法官實情？想像被告是個同性戀，不可能犯下被指控的罪行，但是他羞於承認自己是同性戀。重點不在於一個人該不該為了自己是左撇子或同性戀者而感到羞恥，你只需要想像那個被告為此感到羞恥。

12

我決定去找父親談一談，倒不是因為我們有多親近。父親個性內向，既無法向子女訴說他的感受，也處理不了我們向他表露的感受。有很長一段時間，我猜想在他的沉默寡言背後藏著未被挖掘的豐富寶藏，但是後來我懷疑在那背後究竟有沒有東西，也許他在童年和年輕時曾經有過豐富的感情，由於不曾表達出來，就任其在歲月中枯萎死去。

但是正因為我們之間有著距離，我才去找他談話。我想去和這位研究哲學的學者談一談，他曾寫過關於康德和黑格爾的書，而我知道康德和黑格爾探討過道德問題。他應該也有能力以抽象方式討論我提出的問題，而不會像我那些朋友一樣只顧著批評我所舉的例子欠佳。

當我們想和父親談話時，他會和我們約好時間，就像對他的學生一樣。他在家裡工作，只在要去大學講課時才去學校，想找他談話的同事和學生會到家裡來找他。我記得在家中走廊上排隊的大學生，他們倚著牆壁站立，等著輪到他們，有些在看書，有些打量著掛在走廊上的城市風景畫，還有些凝視著前方發呆。他們全都默不作聲，只在我們這些小孩打著招呼從走廊上經過時，才會尷尬地打聲招呼。如果父親和我們約好了時間，我們倒是不必在走廊上等待，但我們也會在約好的時間去敲他書房的門，再等他喊我們進去。

我去過父親的兩間書房，第一間書房的窗戶面向街道和房屋，漢娜就是在那間書房裡用手指拂過那些書籍。第二間書房的窗戶則面向著萊茵平原，那棟屋子位在城市上方的山坡上，我們在六〇年代初搬進去，在我們長大之後，爸媽仍舊繼續住在那裡，不管是在哪一間書房，那些窗戶並未使房間向外面的世界延伸，而是把外面的世界像圖畫一樣掛進了房間。我父親的書房像個盒子，在這個盒子裡，那些書籍、紙張、思緒，還有菸斗和雪茄的氣味創造出自己特有的壓力比，與外面的世界迥然不同，這對我來說既熟悉又陌生。

父親讓我提出我的問題，包括抽象的版本和舉例的版本。「這和那場審判有關，對吧？」但是他隨即搖搖頭，表示他並不期望我回答，他不想給我壓力，不想知道我沒有主動告知的事。然後他坐在那兒，把頭歪向一邊，一雙手緊緊握著椅子的扶手，陷入沉思。他沒有看著我，我則打量著他，他的頭髮灰白，臉頰上的鬍子總是刮不好，眉心以及從鼻翼到嘴角都有深深的皺紋。我等待著。

當他開口說話時，他先從很廣泛的事情說起，向我講解人身、自由和尊嚴，說明人乃是主體，不能被視為客體。「你還記得你小時候有多生氣嗎？當媽媽認為她比你更清楚什麼對你比較好？在小孩子身上，大人可以越俎代庖到什麼程度，這其實已經是個真正的問題，這是個哲學問題，但是哲學家不關心兒童，把兒童交給了教育學，而教育學並沒有好好照顧兒童，哲學則是把兒童給忘了，」他對我露出微笑，「永遠地忘了，不只是偶爾，像我偶爾忘了你們一樣。」

「可是……」

「可是在成年人身上，卻會認為自己比別人更清楚怎樣做對他們比較好，我認為實在不合理。」

「就算對方日後會為此感到慶幸也不行嗎？」

他搖搖頭。「我們談的不是幸福，而是尊嚴和自由。你小時候就能看出這其中的差異。媽媽永遠是對的，但是這也安慰不了你。」

如今我常回想起當年和父親的這番對話，我原本把它給忘了，直到父親去世以後，我開始在記憶深處尋找和父親相處的美好經驗。當我發現了這番對話，我訝異地打量著它，並且感到幸福。當年，父親的回答混合了具體與抽象，那起初令我感到困惑，但最後我把他所說的話解釋為我不必去找那位法官談，根本不該去找那位法官談，於是我鬆了一口氣。

父親從我臉上看了出來。「所以說，你喜歡這套哲學？」

「嗯，我先前不知道一個人在我所描述的這種情況下該不該採取行動，而我並不樂意想像這個人必須採取行動，現在，如果說這個人根本不該採取行動，那我覺得這……」我不知道該怎麼說。是令人鬆了一口氣？令人心安？令人心裡舒坦？這聽起來和道德與責任無關。如果說我覺得這樣很好，聽起來是合乎道德，也負責任，但是我沒辦法說我覺得這樣很好，沒辦法說我覺得這不僅是令人鬆了一口氣。

「令人心裡舒坦？」父親這樣提議。

我點點頭，然後聳聳肩膀。

「不，這個問題沒有令人心裡舒坦的解決辦法，一個人當然必須採取行動，如果你所描述的這個情況是一份落在他身上的責任，或是由他承擔下來的責任。如果我們知道什麼對另一個人有益，知道對方閉上了眼睛不願意去正視什麼對他有益，那麼我們就必須嘗試讓對方睜開眼睛，我們必須把最後的決定權留給對方，但是必須和對方談一談，和對方談，而不是在他背後和別人談。」

和漢娜談？我該跟她說什麼？說我看穿了她隱瞞了一輩子的謊言？說她即將為了這個愚蠢的謊言而賠上整個人生？說這種犧牲並不值得？說她應該爭取少坐幾年牢，將來還可以有大好人生？究竟是什麼樣的人生呢？不管是大好、普通還是乏善可陳，她要如何展開新生活？我能奪走她畢生的謊言，卻沒有向她展示出生活的前景嗎？我不知道長期而言她的生活能有什麼展望，也不知道該如何走到她面前，對她說，在她做了那些事之後，她短期和中期的生活前景將是坐牢，而這是理所應然的。我不知道該如何走到她面前對她說任何話，我根本不知道該如何走到她面前。

我問父親：「如果沒辦法和對方談呢？」

他懷疑地看著我，而我也知道這個問題偏離了重點。道德上的討論已經窮盡，我只還需要作出決定。

「我沒能幫上你的忙。」父親站了起來，我也站了起來。「不，你還不必走，我只是背痛。」他駝著背站著，雙手按著腰。「我不能說我很遺憾沒幫上你的忙，我的意思是以哲學家的身分，因為你提問的對象是身為哲學家的我。身為父親，沒能幫助到自己的孩子實在令我難受。」

我等待著，但是他沒有再往下說，我覺得他讓自己太輕鬆了；我很清楚在哪些時候他本來可以多關心我們一點，多幫助我們一點，然後我想他自己可能也知道，而且的確因此感到難受。但是無論是前者還是後者，我都不能對他說什麼。我感到尷尬，同時覺得他也感到尷尬。

「嗯，那麼……」

「你隨時可以來找我。」父親看著我。

我不相信他，但還是點了點頭。

13

六月時，審判人員搭機前往以色列兩週。在當地的審訊只需要幾天，但是法官和檢察官結合了司法業務與觀光，去了耶路撒冷、臺拉維夫、內蓋夫沙漠和紅海。就執行公務、差假和花費而言，這肯定符合公務規定，但我還是覺得這件事很怪。

我原本計畫把這兩個星期全部用在課業上，但是事與願違，我無法專心學習，無法專心聽教授上課，也無法專心讀書。我的思緒一再飄走，迷失在一幕幕影像之中。

我看見漢娜站在那座失火的教堂旁邊，表情冷硬，身穿黑色制服，手裡拿著馬鞭。她用馬鞭在雪地裡畫出圓圈，拍打長靴的靴筒。我看見她讓別人替她朗讀，她專注地聆聽，沒有提出問題，也沒有發表感想。等到朗讀時間結束，她告訴那個替她朗讀的女囚，說她明天就會被送回奧斯威辛。那個朗讀者哭了起來，她是個瘦弱的女孩，一頭黑髮剃得短短的，是個近視眼。漢娜伸手往牆上一拍，兩個女子走進來，把那個朗讀者拖了出去，她們也是囚犯，穿著條紋囚服。我看見漢娜走在集中營裡的道路上，走進囚犯所住的營區，監督建築工作。她做這一切時都帶著同樣冷硬的表情，目光冰冷，緊抿嘴唇，而那些囚犯低下頭來，彎腰工作，緊貼著牆壁，縮進牆壁，巴不得消失在牆壁裡。有時候許多囚犯集合在一起，或是跑來跑去，有時排成隊伍，有時向前行進，而漢娜站在她們之間大聲發號施令，同時用馬鞭督促，那張吼叫的臉看起來醜陋而猙獰。我看見教堂尖塔倒下，擊穿了教堂的屋頂，火星四濺，我聽見那些女囚絕望的呼救，我看見隔天早晨燒毀的教堂。

在這些影像之外，我也看見了別的影像。漢娜站在廚房裡穿上絲襪，站在浴缸前面撐開浴巾，裙襬飄飄騎在腳踏車上，她站在我父親的書房裡，她在鏡子前面跳舞，在游泳池邊朝我望過來，聽我說話、和我交談、對著我笑、愛著我的漢娜，要命的是這些影像會混在一起。漢娜目光冰冷、抿緊嘴唇和我做愛，一言不發地聽我朗讀，結束時伸手往牆上一拍，和我說話時一張臉變得醜陋猙獰，最要命的是那些夢境，夢裡冷硬、專橫、殘忍的漢娜激起了我的性慾，而我懷著渴望、羞愧和憤怒從夢中醒來。心中也感到恐懼，不知道自己究竟是什麼樣的人。

我知道那些想像出來的畫面只是些陳腔濫調，對於我所認識的漢娜並不公平。但是這些畫面的力量卻很強大，它們分解了我記憶中漢娜的影像，和我腦海中集中營的畫面互相結合。

如今當我想起那些年，我發現能具體反映出集中營裡的生活與謀殺的畫面寥寥無幾，直接的經驗其實少得可憐。那時，關於奧斯威辛，我們曉得那座大門和門上所鑄的那句話，那些層層疊疊的木板床，成堆的頭髮、眼鏡和皮箱；關於比克瑙集中營，我們曉得那座入口建築，有著高塔、側樓和供火車進出的通道；我們曉得貝爾根—貝爾森集中營裡堆積如山的屍體，是同盟國軍隊在解放那座集中營時所發現的，他們拍下了照片。我們讀過一些集中營囚犯所寫的報導，但是許多報導是在戰後不久出版的，直到八〇年代才又再版，在那之間的許多年裡並不在出版社的書單上。如今有這麼多書籍和電影，使得集中營的世界成了我們共同之想像世界的一部分，這個共同的想像世界使我們共有的真實世界更為完整。想像力熟悉這個世界，而自從電視影集《大屠殺》和電影《蘇菲的抉擇》，尤其是《辛德勒名單》之後，想像力也在這個世界裡活躍起來，不僅是紀實，也加以增補。可是在當年，想像力幾乎沒有活動，人們認為集中營的世界應該使世人感到震撼，不該是想像力活動的地方。同盟國軍隊所拍攝的照片和集中營囚犯的報導所呈現的那幾個畫面，被一再端詳之後僵化成了刻板印象。

14

我決定出門一趟。假如我能立刻動身前往奧斯威辛的話，我就會去，可是申請簽證要好幾個星期才拿得到。於是我搭車前往阿爾薩斯的史圖道夫，那是距離最近的集中營，我還從未親眼見過一座集中營，我想用現實來驅逐那些刻板印象。

我一路搭便車前往，還記得有一段路搭的是一輛卡車，司機喝了一瓶又一瓶的啤酒，也記得一個開賓士車的駕駛，他戴著白手套開車。過了史特拉斯堡之後我的運氣很好，那輛車要駛往希爾梅克，那是一座小鎮，距離史圖道夫不遠。

當我告訴那位駕駛我要去哪裡，他沉默下來。我轉過頭去看他，但無法從他的表情看出他何以在熱絡的交談中忽然默不作聲。他是個中年人，臉頰乾瘦，右側太陽穴有個深紅色的胎痣或烙印，一頭黑髮成絡梳好，髮線分得整整齊齊。他專注地看著道路。

在我們前方，佛日山脈的山勢漸漸化為丘陵，車子穿過栽種葡萄的山坡，進入一片豁然開展、緩緩升高的谷地。左右兩邊是沿著山坡向上生長的混合林木，偶爾會見到一座採石場，一座磚砌的工廠廠房，有著波浪形的屋頂，一間老舊的療養院，一棟有許多小塔樓的大別墅坐落在大樹之間。一條鐵路線一路與我們同行，有時在左側，有時在右側。

然後他又開口說話了，他問我為什麼要去史圖道夫，於是我說起那場審判，說起我缺少直接經驗。

「噢，你是想要了解為什麼人類會做出這麼可怕的事情。」他的語氣帶著點嘲諷，但也可能只是嗓音和語調帶著方言色彩。我還來不及回答，他就繼續往下說。「你究竟想了解什麼呢？人會出於激情而殺人，出於愛，出於恨，或是為了名譽還是報復，這你了解嗎？」

我點點頭。

「你也了解，人會為了金錢或權勢而殺人？會在戰爭或革命中殺人？」

我又點點頭。「可是……」

「可是在集中營裡被殺害的那些人，並沒有對殺害他們的人做過什麼？你是想要說這個嗎？你是想要說當時並沒有仇恨的理由，也並沒有戰爭？」

我不想再點頭。他所說的話沒錯，但是他說話的口氣不對。

「你想得沒錯，當時沒有戰爭，也沒有仇恨的理由，但是劊子手也並不仇恨他所處決的人，卻還是處決了他們。因為他是奉命行事？你認為他這麼做是因為他接到了命令？你以為我現在要大談命令和服從，說集中營裡的士兵是因為接到命令，所以必須服從？」他輕蔑地笑了。「不，我要說的並不是命令和服從，劊子手並非聽命行事，而是在做他的工作。他並不仇恨他處決的人，也不是向他們報仇，之所以殺了他們不是因為他們妨礙到他、威脅到他還是攻擊了他，他根本不在乎他們，他是那麼不在乎，乃至於他可以殺了他們，也可以不殺他們。」

他看著我。「你不想說『可是』嗎？來吧，說吧，說我們不可以這麼不在乎另一個人。這不就是你學到的嗎？凡是長著人臉的，我們都要有民胞物與的精神？人類的尊嚴？對生命的敬畏？」

我被激怒了，卻又束手無策。我尋找著一個字眼、一句話，能夠把他所說的話一筆勾銷，令他啞口無言。

「有一次，」他繼續說，「我看見一張槍斃俄國猶太人的照片，那些猶太人光著身子排成一長排，其中幾個站在一個土坑邊緣，士兵持槍站在他們後面，朝他們的後頸開槍。那是在一座採石場，而在那些猶太人和士兵上方，一個軍官坐在一塊大石頭的邊緣，一雙腿前後搖晃，抽著一根香菸，他看起來有點不高興，也許是覺得處決的進度不夠快。但是他臉上也有一種滿足，甚至愉悅的表情，也許是因為這一天的工作完成了，不久之後就可以下班，他並不恨那些猶太人，並不……」

「那人是你嗎？是你坐在那塊大石頭邊緣，並且……」

他停了車，一張臉變得煞白，太陽穴旁那個痣紅得發亮。「下車！」

我下了車。他猛地轉彎，使我不得不跳向路邊。我還聽見他又轉了幾個彎，然後四周就安靜下來。

我沿著馬路往山上走，沒有汽車從我身旁經過，也沒有汽車迎面而來。我聽見鳥叫和樹林間的風聲，有時聽見一條小溪潺潺，我鬆了一口氣。十五分鐘後，我抵達了集中營。

15

不久之前，我又開車去了那裡一次。那是在一個晴朗寒冷的冬日，過了希爾梅克之後，森林被積雪覆蓋，樹木宛如撲上白粉，地面也鋪上一層白毯。集中營的營區白閃閃地矗立在燦爛的陽光下，那是一塊長條形的場地，位在傾斜的山坡台地上，遠眺著佛日山脈。瞭望塔有兩、三層樓高，營房則是一層樓，木板漆成藍灰色，和白雪相映成趣。當然，那裡有著裝了鐵絲網的大門，門上的牌子寫著「納茲威勒—史圖道夫集中營」，還有雙層帶刺的鐵絲網圍繞著營區。在殘存的營區之間的地面上，原本還有更多營房緊挨著彼此矗立，這時在閃亮的雪毯覆蓋之下，已經看不出這裡是座集中營了。看起來就像是孩童玩雪橇的一處斜坡，他們在氣氛友善的營房裡度過寒假，營房的橫木窗戶感覺溫馨，待會兒他們就會被叫進去吃蛋糕、喝熱巧克力。

集中營是關閉的，我拖著笨重的腳步在雪地裡走了一圈，把腳弄濕了。我能夠看清楚整座營區，並且想起當年我第一次來訪時，曾順著老舊營房牆基之間的台階往下走。我也記得火葬場的焚化爐當時擺在一座營房裡展示，也記得另一座營房是座牢房，我記得當年我曾徒勞地嘗試去具體想像一座關滿囚犯的集中營，想像那些囚犯和警衛，想像那種苦難。我真的努力想像過。我看著一間營房，閉上眼睛，想像一排又一排的營房，我用步數丈量一間營房，根據說明書計算出住在裡面的人數，想像裡面擁擠的程度，我得知營房之間的那些台階也被當作集合的場地，我從台階下往上看，看到集中營的盡頭，想像台階上站滿一排排的背影。但是一切的想像都是徒勞，而我感到挫敗，失敗得既可悲又可恥。回程時，我在山坡下很遠處發現一棟小屋，位在一家餐廳對面，被標明為煤氣室。那座小屋被漆成白色，門窗嵌在砂岩裡，看起來像一間穀倉、一間儲藏室或是傭人房。這間房子也是關閉的，而我不記得第一次來的時候曾經進去過。我沒有下車，而是坐在車上看著，引擎沒有熄火，然後我就開走了。

起初我有所顧忌，不想在歸途中沿著蜿蜒的山路穿過阿爾薩斯的那些村莊，找家餐館吃午飯，但我的顧忌並非來自真正的感觸，而是考慮到一個人在參觀過一座集中營之後應該有什麼感覺。我自己也察覺了，於是聳聳肩膀，在佛日山脈坡地上的一個村子裡找到了一家名叫「小男孩」的餐館，從我坐的那一桌可以眺望那片平原。漢娜當年叫我「孩子」。

第一次造訪時，我在集中營裡四處走動，直到營區關閉。後來我去坐在俯瞰著營區的那座紀念碑下面，內心感到一份極大的空虛。彷彿在這番直接觀察之後，我不該在那外面尋找，而該在自己的內心尋找，結果不得不確認在我心裡什麼都找不到。

然後天就黑了，我等了一個小時，才有一輛敞篷小卡車願意讓我坐在車斗上，順道載我到下一個村莊。於是我放棄了在當天搭便車返回的計畫，在一間村莊旅店找到了一個便宜的房間，在餐廳裡吃了一片薄薄的煎牛排配上炸薯條和豌豆。

鄰桌有四個男子大呼小叫地在玩紙牌。門開了，一個矮小的老人走進來，沒有跟其他人打招呼。他穿著短褲，有一條木腿，在櫃台要了一杯啤酒，他背對著我的鄰桌，那顆大大的光頭也背對著他們，那幾個玩牌的男子擱下紙牌，伸手拿起菸灰缸裡的菸蒂丟過去，正中目標。櫃台前的老人用雙手在後腦勺周圍撲打，就像要趕走蒼蠅似的，老闆把啤酒擺在他面前，誰也沒有說話。

我看不下去了，跳起來走向鄰桌。「你們住手！」我氣得發抖。就在這一刻，那個老人搖搖晃晃、一跳一跳地走過來，在他腿上摸索了一會兒，忽然用兩隻手拿著那條木腿，啪地敲在桌子上，使得玻璃杯和菸灰缸都跳了起來，然後他重重地跌坐在那張空著的椅子上。他張開無牙的嘴發出尖細的笑聲，其他人也跟著笑了，那種喝多了啤酒的笑聲。「你們住手！」他們大笑著指著我，「你們住手。」

夜裡，強風繞著房子呼呼地吹，我並不覺得冷，而呼嘯的風聲、窗前那棵樹的咿咿呀呀、還有偶爾砰砰作響的護窗板也沒有吵到讓我無法入睡。但是我的內心愈來愈不平靜，到後來這份不安也表現於外，使我全身顫抖。我感到恐懼，不是害怕一件壞事即將發生，而是一種身體狀態。我躺在那裡聽著風聲，當風勢減弱，風聲變小，我就鬆了一口氣，但又害怕風聲會再大起來，而我不知道隔天早上要怎麼起床，怎麼搭便車回去，如何繼續大學學業，有朝一日如何成家立業、娶妻生子。

我既想要了解漢娜的罪行，也想要批判她的罪行，但是要這樣做太可怕了。當我試圖去了解她的罪行，我就覺得無法如同理所應當地去加以譴責。如果我以理所應當的方式去譴責她的罪行，就沒有了解的餘地，但我還是想要了解漢娜，不去了解她意味著再次背叛她。我處理不了這個情況，我既想要了解，也想要批判，但是這兩者無法並存。

第二天又是個陽光燦爛的夏日，回程搭便車很順利，幾個小時之後就到了。我步行穿過市區，感覺上彷彿離開了很長的時間，覺得那些街道、房屋和行人都很陌生。但是集中營那個陌生的世界並未因此而與我更接近，我對史圖道夫的印象加入了奧斯威辛、比克瑙和貝爾根—貝爾森集中營原本就在我腦中的少數畫面，和它們一起僵化了。

16

後來我還是去找了那位審判長，要去找漢娜我辦不到。但是什麼都不做，我也受不了。

為什麼我沒辦法去找漢娜談一談？她離開了我，矇騙了我，她不是我在她身上看見的那個人，也不是我心中想像的那個人。而我對她來說又是什麼人呢？是被她利用的朗讀少年，還是供她取樂的年少床伴？假如她不能離開我，卻想要擺脫我的話，她是否也會把我送進煤氣室？

我為什麼受不了什麼都不做？我告訴自己，我必須要阻止一個錯誤的判決。我必須要使正義得到伸張，儘管漢娜有個隱藏了一輩子的秘密，可以說這份正義既是為了維護漢娜，卻又對她不利，但是我在乎的並不真的是正義，我不能任由漢娜自生自滅，我必須要加以干涉，設法對她產生某種影響，若非直接，那就間接。

審判長曉得我們這個討論課小組，願意在一次開庭結束後接見我，和我談談。我敲了門，被喚進去，打過招呼之後，他請我坐在書桌前面的椅子上。他坐在書桌後面，只穿著襯衫，法官袍披在椅背和扶手上，他先前是穿著袍子坐下的，然後才讓袍子滑落在椅子上。他看起來神情輕鬆，像是完成了一天的工作，並對此感到心滿意足。在審判進行時，他擺出一副惱怒的表情，卸下這副表情之後，他有一張和氣、聰明、善良的公務員面孔。他隨口聊了起來，向我問東問西：我們這個討論課小組對於這場審判有什麼想法？教授打算怎麼處理我們所做的審判紀錄？我們讀到幾年級了？我為什麼攻讀法律？打算什麼時候參加考試？他建議我千萬不要太晚報名參加考試。

我回答了所有的問題，然後聽他說起他的大學時代和考試經驗。他一切都按部就班，在適當的時間以合格的成績修完了必修的課程，最後通過了考試。他喜歡當個法學家和法官，假如他必須重新來過，他還是會這麼做。

窗戶是開著的，從停車場上傳來車門關上和引擎發動的聲音。我聽著那些車輛駛離，直到它們發出的聲響被車流的轟鳴吞噬，之後有孩童在空下來的停車場上嬉鬧，偶爾能清楚地聽出幾個字：一個名字、一句罵人的話、一聲呼喊。

審判長站起來道別，說他歡迎我再來，如果我有進一步的問題，或是在學業上需要建議，他也想知道我們的討論課小組對這場審判的分析和評價。

我穿過空蕩蕩的停車場，問了一個年紀稍微大一點的男孩去火車站要怎麼走，我和幾個同學共乘的那部車在庭訊結束後就開走了，所以我得要搭火車回去。那是下班時間的一列慢車，每一站都停，乘客上上下下，我坐在窗邊，周圍的乘客、交談和氣味不斷變換。房屋、街道、汽車和樹木從車窗外掠過，還有遠方的山丘、城堡和採石場。我看見這一切，心中毫無感覺。我不再由於被漢娜拋棄、矇騙和利用而感到難過，也不必再去干涉她。我在麻木中旁聽那場審判所揭露的恐怖，現在我感覺到這份麻木也籠罩在這幾週以來的感受和思緒上，如果說我為此而感到高興，那是言過其實了。但是我覺得這樣也好，感覺到這使我得以重返日常生活，並且繼續生活下去。

17

六月底時宣告了判決，漢娜被判處無期徒刑，另外幾名被告則被判處有期徒刑。

審判廳裡座無虛席，一如審判開始之初。包括司法人員、我那所大學和當地那所大學的大學生、一個中學生班級、來自國內外的記者，還有那些一向在法庭出沒的記者。現場鬧烘烘的。當幾名被告被帶進場，起初沒有人去注意她們，但觀眾隨即不再作聲。首先安靜下來的是坐在前面被告席附近的人。他們用手肘碰碰鄰座，再轉過頭來向坐在後面一排的人低語：「看哪。」而那些看過去的人也安靜下來，用手肘碰碰鄰座，再轉過頭來向坐在後面一排的人低語：「看哪。」到最後，審判廳裡鴉雀無聲。

我不知道漢娜是否知道自己看起來是什麼模樣，還是她也許是故意想以這副模樣示人。她穿著黑色套裝和白襯衫，套裝的式樣和襯衫的領帶讓她看起來像是穿著一套制服。我從未見過替納粹黨衛軍工作的婦女所穿的制服，但是我和所有的觀眾都以為在我們面前的就是那套制服，就是穿著這套制服替納粹黨衛軍工作的女子，她犯下了使漢娜被起訴的所有罪行。

觀眾又開始竊竊私語，聽得出來許多人感到憤怒。他們認為漢娜嘲弄了這場審判、這個判決。還有前來聆聽判決的他們。他們的聲音大了起來，有幾個人對著漢娜喊叫，說出他們對她的看法。直到審判人員進場，審判長用惱怒的眼神看了漢娜一眼，然後宣告了判決。漢娜站著聆聽，站得直挺挺的，一動也不動，宣讀判決理由時她坐下了，我的目光不曾從她的頭部和後頸移開。

那番宣讀花了好幾個小時。當審判結束，被告被押走，我等待著，看漢娜是否會朝我看過來，我就坐在我一向所坐的位子。可是她直視著前方，目光穿過一切。那是種高傲、受傷、失落而且無盡疲憊的眼神，她不想再看見任何人、任何東西。

第三部

／1／

審判過後的那個夏天，我在大學圖書館的閱覽室裡度過。閱覽室一開放我就去了，一直待到閉館才走。每逢週末，我就在家裡讀書。我把全部的時間都用來學習，發了狂似地用功，讓由於那場審判而麻木的感覺和思緒繼續保持麻木。我避免跟別人來往，我從家裡搬了出去，租了一個房間。在閱覽室裡或是偶爾去電影院時，會有少數我認識的人來找我說話，但我不予理會。

冬季的那個學期我也依然故我。儘管如此，還是有人來問我想不想在聖誕假期和一群同學一起去滑雪，我驚訝地答應了。

我不是滑雪好手，但我喜歡滑雪，而且滑得很快，能跟得上那些高手。有時候我冒著摔倒和骨折的風險，去滑那些其實超出我能力的坡道。我是故意那樣做，根本沒注意到我還冒著另一種風險，而這個風險最後也發生了。

我從來不覺得冷，當其他人穿著毛衣和外套滑雪，我只穿著襯衫。其他人搖著頭取笑我，但是我也沒有認真看待他們憂心的勸告，我就是不覺得冷。當我開始咳嗽，我歸咎於奧地利製的香菸，當我開始發燒，我享受那種狀態，我感到虛弱，有種輕飄飄的感覺，各種感官印象都變得模糊，像棉花一樣蓬鬆柔軟，我覺得很舒服，我在飄浮。

然後我發起高燒，被送進醫院。等到我出院，那份麻木就消失了。所有的疑問、恐懼、控訴和自責，在審判期間湧上心頭而後又被麻痺的所有震驚和痛苦又都回來了，而且沒有再離開。當一個人應該覺得冷卻不覺得冷，我不知道醫生會做出什麼樣的診斷。我自己的診斷是那份麻木必須先佔據我的身體，之後才會放開我，我也才能夠擺脫它。

當我結束學業，開始實習，正是學運爆發的那個夏天，我原本就對歷史和社會學感興趣，身為實習司法人員，我還有不少時間待在大學裡，足以讓我臨場體驗一切。但臨場體驗不代表參與，我並不在乎高等教育和高等教育的改革，就跟我不在乎越共和美國人一樣。至於學運的第三個訴求，也是真正的訴求，亦即對納粹歷史的追究批判，我覺得自己和其他大學生之間的距離太大，所以並不想和他們一起鼓譟示威。

有時候我想，對納粹歷史的追究批判並非世代衝突的原因，而只是世代衝突的表現，感覺得出此一衝突乃是推動學運的力量。每一個世代都必須掙脫父母的期待，而由於這些父母在第三帝國時期失敗了，或者最晚是在第三帝國終結之後失敗了，他們的期待就根本不算數了。他們犯下了納粹罪行，或是旁觀了納粹罪行，或是對納粹罪行視而不見，或是在一九四五年之後包容了那些罪犯，甚至接納了那些罪犯，這些人憑什麼來教導子女？可是另一方面，即使是對那些無法指責父母或不想指責父母的子女來說，納粹的歷史也是個課題。對這些子女來說，對納粹歷史的追究批判並非世代衝突的表現，而是根本上的問題。

不管集體罪責在道德上或司法上有無意義，對我這一代的大學生來說，那是我們所親身經歷的現實，這份集體罪責不僅僅涉及在第三帝國所發生的事。猶太墓碑被塗上納粹黨徽，許多當年的納粹份子在法院、行政部門和大學裡平步青雲，西德政府不承認以色列這個國家，納粹掌權時流亡海外和起而反抗的事蹟流傳下來的不多，反倒是苟且偷生的故事比較多——這一切都令我們滿心羞愧，即使我們能夠指出那些要負責任的人。指出那些要負責任的人並無法使我們擺脫那份羞愧，但是能夠消除隨著這份羞愧而來的痛苦，把被動的痛苦化為能量、行動和攻擊，和有罪的父母之間的衝突尤其劍拔弩張。

我無法指責任何人，無法指責我的父母，因為他們無可指責。參加那門集中營討論課時，我在教化的熱情中判決我父親應該要感到羞愧，那份熱情這時已經消失，變得令我感到難為情。而在我生活圈裡的其他人，他們在納粹執政時期所做的事，那些使他們有罪的事，肯定沒有漢娜所做的事那麼糟，我其實應該要指責漢娜，但是指責漢娜就等於指責我自己。我愛過她，不僅愛過她，而且選擇了她。我試著告訴自己，當我選擇漢娜時，我並不知道她做過什麼。我試圖藉此說服自己我是無辜的，就像子女愛父母一樣，但是對父母的愛是唯一一種不需要我們負責的愛。

而且說不定我們就連對父母的愛也得要負責，當時我羨慕其他那些大學生，他們撇下了他們的父母，藉此撇下了那一整個世代的人，那些犯下罪行、袖手旁觀、視而不見、包庇罪犯和接納罪犯的人。如此一來，就算沒有消除他們的羞愧，但畢竟消除了他們由於羞愧而感到的痛苦。可是我在他們身上經常見到的那種耀武揚威和自以為是從何而來？一個人怎麼能夠在感受到罪責和羞愧的同時自以為是地耀武揚威？難道撇下父母就只是空談，就只是發出喧鬧的噪音來掩蓋一件事實，亦即對父母的愛就難免使子女被捲入父母的罪責之中？

這些都是事後的想法。即使在日後，它們也沒有帶來安慰，怎麼可能帶來安慰呢？在某種程度上，我對漢娜的愛所帶給我的痛苦就是我們這一代的命運，就是德國人的命運，我只是比其他人更難逃避，更難掩飾。不過，假如當年我沒有自覺與同世代的人格格不入，我會覺得好過一點。

2

我在實習期間結了婚。葛楚和我在那間滑雪小屋相識。當其他人在假期結束時踏上歸途，她還留下來等我出院，載我一程。她也是學法律的，我們一起讀書，一起通過考試，一起開始實習。當葛楚懷了孩子，我們就結婚了。

我沒有向她提起過漢娜。我心想，誰會想聽對方從前的感情故事，如果這些故事的圓滿結局不是他自己？葛楚聰明、能幹而且忠誠，假如我們的生活是經營一座農莊，有許多男僕和女傭，子女成群，工作繁多，沒有時間給彼此，那麼我們的生活就會圓滿而幸福。但是我們的生活是郊區一棟現代化建築裡的一間三房公寓，再加上我們的女兒茱莉亞，還有葛楚和我的實習工作。我始終無法停止把葛楚拿來和漢娜相比，比較我和她們在一起的感覺。每一次葛楚和我互相擁抱，感覺上總是不太對勁，我覺得她不對勁，摸起來的感覺不對，聞起來、嚐起來的感覺也不對，我以為這種感覺將會消失，也希望它會消失。我想要擺脫漢娜，重獲自由，但是那種不對勁的感覺始終沒有消失。

茱莉亞五歲時，我們離婚了，我們兩個都走不下去了，分手時沒有怨懟，仍然對彼此忠誠。令我難過的是，我們沒能給予茱莉亞渴望擁有的安全感。當葛楚和我相親相愛，茱莉亞就如魚得水，悠遊其中。當她察覺我們之間關係緊張，就會在我們中間跑來跑去，向我們保證我們都很乖，說她愛我們，她想要有個弟弟，或許也會樂於擁有更多弟弟妹妹。有很長一段時間，她不明白離婚的意義，當我去探望她，她會希望我留下來；當她來探望我，就希望葛楚也一起來。當我離去，在她隔窗注視的悲傷目光下坐進車裡，我的心都碎了，而且我覺得我們剝奪的不僅是她的願望，而是她的權利。當我們離婚，我們就使她的權利落空，這份罪過並沒有因為離婚是我們兩個共同提出的而減半。

在那之後，我試著以更好的方式來展開和經營感情生活。我向自己承認，一個女人摸起來必須要有一點像漢娜，聞起來、嚐起來也必須要有一點像漢娜，我們在一起的感覺才會對勁。我把漢娜的事告訴她們，也告訴她們更多關於我自己的事，比我向葛楚說過的更多。如果我的行為和情緒有什麼地方令她們感到訝異，我希望她們用自己的方式來理解。但是她們並不想聽太多。我還記得海倫，她是個研究文學的美國學者，當我向她述說，她就默默地撫摸我的背來安慰我，當我不再說話，她依然默默地撫摸我的背。葛西娜是個心理分析師，她認為我必須處理我和母親之間的關係，難道我沒有注意到母親在我的故事裡幾乎不曾出現嗎？席爾珂是個牙醫，她老是問起我們相識之前所發生的事，可是我告訴她的事她一轉眼就忘了，於是我又放棄了對她們述說。既然我們所說的話裡的真相就表現在我們的所作所為當中，說不說也就無所謂了。

3

我要參加第二次國家考試的時候，那位開設集中營討論課的教授去世了，葛楚在報上看到了訃聞，葬禮在山坡公墓舉行，她問我想不想去。

我不想去。葬禮的時間是在星期四下午，而週四和週五上午我都要參加筆試。而且我和那位教授並不特別親近，我也不喜歡參加葬禮。再說，我也不想再回憶起那場審判。

但是已經太遲了，回憶已經被喚起。當我在那個星期四從考場出來，我覺得自己彷彿和昔日有約，而我不能爽約。

我搭乘電車前往，這是我平常不會做的事，單是搭電車這件事就已經是和昔日的一種邂逅，就像是回到一個你熟悉的地方，而這個地方已經面目全非。當漢娜在電車公司工作時，電車有兩到三節車廂，車廂前後有可供站立的平台，平台上設有踏板，電車已經駛動之後，乘客還可以從那裡跳上車。車上還有一條貫穿整節車廂的繩子，車掌會扯動這條繩子，發出鈴聲，作為開車的信號。在夏季，車廂前後的平台是開放式的。車掌負責賣票、查票，在車票上剪洞，喊出每一站的站名，向司機發出開車的信號，留心那些擠在平台上的孩童，斥責那些跳車上下的乘客，並且在客滿時不再讓人上車。有的車掌個性開朗，有的風趣，有的嚴肅，有的板著臉，有的粗魯，車廂裡的氣氛往往隨著車掌的個性或心情而有所不同。當年我在駛往施韋青根那趟電車上沒有能夠給漢娜一個驚喜，在那之後就不敢再去搭乘由漢娜擔任車掌的電車，體驗她身為車掌的模樣，那實在很傻。

我搭上沒有車掌的電車，前往山坡公墓。那是個寒冷的秋日，無雲的天空一片陰沉，黃色的太陽不再令人感到溫暖，即使直視太陽，眼睛也不會感到刺痛。我找了一會兒，才找到即將舉行葬禮的那座墳墓。我走在古老的墓碑之間，在光禿禿的大樹下面。偶爾我會遇見一個在墓園工作的園丁，或是一個老太太拿著澆水壺和園藝用的剪刀。墓園裡十分安靜，遠遠地我就聽見在那位教授墓前所唱的聖歌。

我在稍遠的地方停下腳步，打量那一小群前來弔唁的人，其中有幾個顯然是些孤僻的怪人。在追思教授生平和著作的悼詞中，聽得出他自己也擺脫了社會的束縛，失去了和社會的接觸，保持著獨立，成了離群索居的人。

我認出了當年一起上那門集中營討論課的一個同學；他比我更早參加考試，起初成為律師，後來開了一家酒館，穿著一件紅色長大衣前來。當葬禮結束，我朝著墓園入口往回走，他來和我攀談。「我們一起上過那門討論課，你不記得了嗎？」

「記得的。」我們握了手。

「那時候我都是在星期三去旁聽審判，偶爾會開車載你。」他笑了。「你天天都去，每一天，每個星期，現在你要告訴我原因了嗎？」他和氣地看著我，抱著期待，而我憶起當年在討論課上就曾經注意到這道目光。

「我對那場審判特別感興趣。」

「你對那場審判特別感興趣？」他又笑了。「是對那場審判還是對你老是盯著瞧的那個被告？長得挺不賴的那一個？我們都在納悶你和她是什麼關係，但是誰也不敢去問你，當年我們都對別人特別體恤，懂得替別人著想，你還記得……」他提起上那門課的另一個同學，那人有口吃的毛病，不然就是口齒不清，很愛發言，淨說些蠢話，我們卻還是洗耳恭聽，彷彿他說的都是些金玉良言。他提起一起修那門課的其他同學，說起他們當年的樣子，現在都在做些什麼，他說個沒完，但我知道他終究還會再問我一次：「那麼，你和那個被告之間究竟是怎麼回事呢？」而我不知道該怎麼回答，不知道我該如何否認，如何坦白，如何閃避。

等我們走到墓園入口，他果然問了，停靠在車站的電車剛剛開動，於是我喊了聲「掰掰」，拔腿就跑，彷彿我還可以跳上踏板似的。我跟在電車旁邊跑，用力去拍車門，而我根本不敢相信、不敢指望的事發生了。電車居然又停住了，車門打開，而我上了車。

／4／

實習結束後，我必須要選擇一門職業，我給了自己一點時間考慮；葛楚立刻開始擔任法官，忙得不可開交，我們都很慶幸我能待在家裡照顧茱莉亞。等到葛楚克服了剛上任時的困難，茱莉亞也進了幼稚園，作出決定就變得急迫了。

我拿不定主意。我不認為我能扮演在起訴漢娜的審判中那些司法人員的角色。在我看來，起訴就跟辯護一樣是種荒誕的簡化，而在那些簡化當中最荒誕的莫過於審判，我也無法想像自己擔任行政部門的公務員；實習期間我在縣政府工作，覺得那裡的辦公室、走道、氣味和員工全都灰溜溜的、單調乏味、死氣沉沉。

這樣一來，與法律有關的職業就所剩無幾。假如不是有一位法律史教授給了我替他工作的機會，我不曉得我會怎麼做。葛楚說我是在逃避人生的挑戰和責任，而她說得沒錯，我是在逃避，而且慶幸自己能夠逃避。我告訴她，也告訴自己，我並沒有打算要永遠這樣下去，說我還年輕，在研究了幾年法律史之後，還是可以選擇任何一種與法律有關的具體職業，但是後來就成了永遠了。在第一次逃避之後又有了第二次，我從大學轉換到一所研究機構去工作，在那裡找到了適合我的職位，我得以從事我感興趣的法律史研究，不需要任何人，也不妨礙任何人。

而逃避不僅是逃走，也是抵達。身為法律史學者，我所抵達的昔日就和當代一樣生氣勃勃。外人也許會以為昔日生活的豐富多彩我們只能觀察，當代的生活才能實際參與，但事情並非如此。鑽研歷史意味著在過去和現在之間搭起橋樑，觀察此岸與彼岸，活躍於兩邊。第三帝國的法律成了我的一個研究領域，在其中格外能看出過去和現在結合成為一種生活現實，研究過去並不是逃避，一心專注於現在和未來才是逃避，現在和未來漠視過去的遺產，而我們係由這份遺產所塑造，也必須帶著這份遺產生活。

不過，我也不諱言浸淫在對現在而言比較不那麼重要的歷史中所得到的滿足，我在研究啟蒙時期的法律條文與草案時，第一次感受到這種滿足。它們是建立在一種信念上，亦即這個世界內建了一種良好的秩序，因此也可以被治理得井然有序。基於這種信念，法律條文被視為良好秩序的守護者而制定出來，組合成為法律，這些法律追求的是美，並且想要以自身之美來證明其真，看出這一點使我感到快樂。有很長一段時間，我相信在法律的歷史上有進步可言，儘管有過可怕的挫敗和退步，仍然朝著更多的美與真、更多的理性和人性而發展。自從我明白這種信念是種妄想，我就思量著另一種有關法律史演進過程的概念。在這個概念裡，這個演進的過程雖然有一個目的地，但是它在經過各種撼動、混亂和蒙蔽之後所抵達的這個目的地就是它出發的起點，而它一旦抵達就必須再重新出發。

當時我又重讀了《奧德賽》，我第一次讀這本書是在中學時代，記憶中那是一個歸返家園的故事，然而那並不是一個歸鄉的故事。古希臘人知道一個人不可能兩次踏進同一條河流，又怎麼會相信歸鄉。奧德賽回去不是為了留下，而是為了重新出發。《奧德賽》是一個動態的故事，既有目的地，又沒有目的地，既是成功，也是徒勞，法律的歷史又何嘗不然！

/ 5 /

我從《奧德賽》開始讀起，我在和葛楚分手之後去讀這本書。有許多個夜晚，我只能睡上幾個小時，我躺在床上睡不著，若是打開電燈，拿起一本書，我的眼皮就會闔上；等我把書擱下，把燈關掉，我就又清醒過來。於是我大聲朗誦，這樣一來眼睛就不會闔上。在半睡半醒中，我思索著我的婚姻、我的女兒和我的人生，這些混亂的思緒參雜了回憶和夢境，一再在我腦中盤旋，折磨著我，由於漢娜一再主宰了我的思緒，我就為漢娜而讀，替她錄在錄音帶上。

過了好幾個月，我才把錄音帶寄出去，起初是因為我不想只寄一部分，於是等到我把整本《奧德賽》錄完。然後我又沒有把握《奧德賽》對漢娜來說夠不夠有趣，於是又錄下了我在《奧德賽》之後所讀的書，許尼茲勒[10]和契訶夫

10. 許尼茲勒（Arthur Schnitzler, 1862-1931），奧地利作家，也是執業醫生，以短篇小說和戲劇見長，擅長描寫人物的心理狀態。

所寫的短篇故事。後來我又拖了好一陣子才打電話去漢娜被判刑的法院，問出她在哪裡服刑。最後我終於把所有的東西都備齊了：漢娜在監獄裡的地址，在她接受審判和宣判的那座城市附近，一台錄放音機和那些錄音帶，從契訶夫到許尼茲勒再到荷馬，一一加上編號，我總算把裝著錄放音機和錄音帶的包裹寄了出去。

不久前，我找到了那些年替漢娜錄音時所做的筆記，最早的那十二本書顯然是同時登記下來的；起初我大概是只顧著朗讀，後來才察覺若是不做記錄，就不會記得哪些書已經讀過。在後來登記的那些書名旁邊有時寫了日期，有時沒有，但是即使沒有日期，我也記得我第一次寄給漢娜是在她服刑的第八年，最後一次則是在她服刑的第十八年，她聲請赦免的請求在第十八年獲准。

我替漢娜朗讀的書大多是我自己正好想讀的，讀《奧德賽》時，要在大聲朗讀時像我自己小聲地讀時一樣維持專注，起初並不容易，後來才漸漸改善。朗讀的另一個缺點則是花的時間比較長，這個缺點仍在，但也因此更容易記住朗讀的內容。直到如今，某些內容我都還記憶猶新。

不過，我也會朗讀我從前讀過並且喜愛的書，因此漢娜會聽到很多凱勒[11]和馮塔納[12]的作品，還有海涅和莫里克[13]。有很長一段時間我不敢朗讀詩歌，但是後來那給我帶來許多樂趣，於是我牢牢記住了許多我朗讀過的詩，直到現在都還背得出來。

整體而言，這本筆記裡的書目，顯示出有教養的市民階層一種巨大的原始信賴。我也不記得曾經考慮過，除了卡夫卡、弗里施[14]、約翰森[15]、巴赫曼[16]和藍茨[17]的作品之外，是否也該朗讀一些實驗性的文學作品，亦即那些我看不出

11. 凱勒（Gottfried Keller, 1819-1890），以德語寫作的瑞士詩人與小說家，是十九世紀晚期寫實主義文學的代表人物。
12. 馮塔納（Theodor Fontane, 1819-1898），十九世紀德國作家，以反映出當時社會現狀的寫實主義小說聞名。
13. 莫里克（Eduard Mörike, 1804-1875），德國浪漫主義時期的詩人與小說家，有許多詩作被譜成歌曲傳唱至今。
14. 弗里施（Max Frisch, 1911-1991），瑞士作家兼建築師，創作甚豐，包括劇作、散文、小說，是二十世紀瑞士德語文學的代表人物之一。
15. 約翰森（Uwe Johnson, 1934-1984），德國二次大戰後的重要作家，成長於東德，後移居西柏林，被稱為「東西兩德的詩人」。
16. 巴赫曼（Ingborg Bachmann, 1926-1973），奧地利女作家，創作包括詩歌、散文及小說，為二次戰後德語文壇的重要代表人物，自一九七七年起頒發的「巴赫曼文學獎」就是為了紀念她而設立。
17. 藍茨（Siegfried Lenz, 1926-2014），德國當代知名作家，以二戰期間為背景的小說《德語課》為其代表作。

故事、也不喜歡其中人物的作品。對我來說，實驗性的文學想當然耳是拿讀者做實驗，而那既不是漢娜所需要的，也不是我所需要的。

當我自己開始寫作，我也把我寫的東西讀給她聽。我先口授了手稿，再修改過打字稿，感覺到作品大功告成的時候才會朗讀。在朗讀時我會察覺這份感覺是否正確，如果不正確，我可以把整篇作品再加以修訂，錄下新版本，蓋掉舊版本，但是我並不喜歡那樣做。我想用朗讀作為結束，漢娜成了最高當局，為了她我再一次鼓起所有的力量、所有的創造力、所有的關鍵想像力。在那之後，我就能把那篇稿子寄給出版社。

我沒有在錄音帶上錄下個人的心得，不曾問起漢娜的近況，也不曾說起我自己的事。我朗讀出作品標題、作者姓名和作品本身，等到朗讀完畢，我會稍待片刻，闔上書本，然後按下停止鍵。

/ 6 /

我們這種多言而又寡言的聯絡進行到第四年時，我收到了一聲問候。「孩子，上一篇故事特別好，謝謝。漢娜。」

那張紙上印有格線，是從一本寫字簿裡撕下的一頁，裁剪得平平整整。這句話寫在上端，佔了三行，是用藍色原子筆寫的，漢娜用了很大的力氣握筆，字跡穿透到背面。她也用了很大的力氣去寫地址，在那張對摺的紙頁上半和下半都能看見字跡的印痕。

乍看之下，會以為這是小孩子寫的，但是孩童的字跡也許會顯得笨拙而不熟練，這個字跡卻用了蠻力。看得出來，為了把線條組合成字母，再把字母組合成字，漢娜所要克服的阻力。小孩子的手會想要歪來歪去，必須被要求遵守筆畫的軌跡。漢娜的手哪兒都不想去，必須被強迫移動。要寫出那些構成字母的線條，必須一再重新下筆，不管是由下而上，由上而下，還是弧線和圓圈，每個字母都是經過一番努力才寫出來的，傾斜的方向各自不同，高度和寬度往往也不正確。

我讀著這句問候，心中充滿了喜悅和歡呼。「她會寫字了！她會寫字了！」在那些年裡，我讀遍了我能找到的有關文盲的資料。我知道那種在日常生活中的無助，在找一條路或一個地址時，或是在餐廳裡點菜時。我知道不識字的人得要戰戰兢兢地遵循既定的模式和被證明可行的慣例，為了隱瞞自己不會讀寫要耗費多少精力，以至於無力去過真正的生活。文盲等同於未成年，漢娜有勇氣去學習讀寫，藉此她就從未成年朝著成年邁出了一步，啟蒙的一步。

接著我端詳漢娜的字跡，看得出她花了多少力氣和努力來寫字。我為她感到驕傲，同時也替她感到難過，為了她被耽誤、被虛擲的人生，也為了生命中所有的耽誤和虛擲感到難過。那時我認為適當的時機，一旦錯過就太遲了，如果一個人拒絕某件事物的時間太久，如果一個人被拒絕於某件事物之外的時間太久，即使最後勉力去做，並且欣然獲得，還是太遲了。還是說並沒有所謂的「太遲」，而只有「遲」？而「遲」是否還是勝過「從不」？我不知道。

在第一聲問候之後，就持續又有問候捎來。每次都只有寥寥數行，道一聲謝，表達一個願望，想多聽一些某個作者的作品，或是不想再聽某個作者的作品，針對某個作者、一首詩、一篇故事或是小說中的某個人物而發的感想，監獄裡的所見所聞。「院子裡的連翹已經開花了」或是「我喜歡這個夏天下了那麼多場雷雨」或是「我看見窗外的鳥兒聚在一起準備飛往南方」，通常是漢娜捎來的訊息才使我注意到連翹花、夏季雷雨或是成群的飛鳥。她對文學作品的看法往往一語中的，令人驚訝。「許尼茲勒汪汪叫，茨威格[18]是條死狗」或是「凱勒需要一個女人」、「歌德的詩就像裝在美麗畫框裡的小圖片」或是「藍茨肯定是用打字機寫作」。由於她對這些作家一無所知，她假定他們都是當代人，只要沒有明確的線索讓她知道他們不可能是當代人。我愕然發現有很多年代久遠的文學作品讀起來其實就像是當代作品，凡是對歷史一無所知的人，就的確能把從前的生活情況只當作是遙遠異鄉的生活。

18. 史蒂芬・茨威格（Stefan Zweig，1881-1942），奧地利小說家、傳記作家和劇作家，知名作品包括《一位陌生女子的來信》、《昨日世界》等，二戰期間為躲避納粹迫害而流亡海外，後於巴西自殺身亡。

我從不曾寫信給漢娜，但一直繼續替她朗讀。待在美國的那一年，我從美國寄錄音帶給她。如果我去度假或是工作特別忙碌，可能會花比較長的時間才能錄完下一卷，我寄錄音帶沒有固定的頻率，有時候每星期或每兩週寄一次，有時則是過了三、四週才寄。我沒有去考慮漢娜在學會了閱讀之後，也許不再需要我寄錄音帶給她。她可以另外再去閱讀，朗讀是我向她說話，和她交談的方式。

我把她寄來的問候都保存下來，她的字跡漸漸有了變化。起初那些字母被強迫往同一個方向傾斜，勉強被塞進正確的高度和寬度。等到做到了這一點，她的字跡就變得比較輕鬆，比較有把握，她的字跡永遠不會流暢，但是漸漸有了一種嚴謹之美，是那些一生中很少寫字的老年人的字跡所特有之美。

／7／

當時我從來沒想過漢娜有一天會出獄，交換問候和錄音帶是如此平常而熟悉，以這種無拘無束的方式，漢娜對我來說既近又遠，乃至於我可以讓這種狀態一直持續下去。這很省事而且自私，我知道。

然後，典獄長寄來一封信。

多年來施密茲小姐一直和您有書信往返，這是施密茲小姐和外界的唯一聯繫，因此我寫信給您，雖然我不知道兩位的關係有多密切，也不知道您是她的親人還是朋友。

明年施密茲小姐會再次提出赦免申請，而我認為審核委員會將會批准。那麼她在不久之後就會獲釋出獄，在服刑十八年之後。獄方當然可以替她安排住處和工作，或者說可以設法去替她安排。以她的年紀要找工作會有困難，雖然她還十分健康，在獄中也展現出優秀的縫紉手藝。不過，比起由獄方來安排，更好的做法是由親戚或朋友接手，讓出獄者能住在親友附近，得到支持和陪伴，您無法想像一個人在服刑十八年之後在外面會感到多麼寂寞和無助。

施密茲小姐很能夠照顧自己，一切都可以自理，如果您能夠替她找到一間小公寓和一份工作，在頭幾個星期和頭幾個月裡偶爾去探望她，邀她出門，並且讓她得知教會、社區大學、家庭教育中心這類機構所提供的服務和活動，這樣就夠了。此外，在服刑十八年之後第一次去市區，不管是去採買日用品，去公家機關辦事，還是去餐館用餐，都不是件容易的事。如果有人陪伴，就會容易一些。

我注意到您不曾來探望施密茲小姐，假如您會來，那我就不會寫信給您，而會趁著您來訪時請您來談一談。現在看來，在她出獄之前您勢必得來探望她，請您趁著這個機會還是來找我一下。

這封信的結尾附上了衷心的問候，我認為這不是針對我而發，而是表達了這位典獄長衷心的願望。我以前就聽說過她，她任職的那座監獄被公認為管理優異，而且在獄政改革的問題上，她的發言很有分量，我喜歡她這封信。

但是我不喜歡這個即將落在我頭上的事。當然，我必須替她安排工作和住處，也安排好了。有幾個朋友家裡的客用獨立套房既未使用也沒有出租，願意以低廉的租金交給漢娜使用。偶爾替我修改衣物的希臘裁縫師願意雇用漢娜，他原本和他妹妹一起經營這家裁縫店，後來他妹妹回希臘去了。我也打聽了教會和非宗教組織所提供的社會服務和進修機會，雖然漢娜還要一段時間以後才用得到，但是我遲遲沒去探望漢娜。

正因為我和她以如此無拘無束的方式既近又遠，我不想去探望她。我覺得只有隔著真實的距離，她才會是我心中的她。那個由問候和錄音帶建構起來的小世界既輕鬆又安全，我擔心它太不自然，太過脆弱，承受不了實際的親近。我們要如何面對面地相遇，而不至於讓我們之間曾經發生過的一切再度湧上心頭？

於是那一年就這樣過去，而我沒有到監獄去過。有很長一段時間那位典獄長音訊全無，我寫過一封信去，告知我替漢娜安排的住處與工作，但沒有收到回信。她可能是打算趁著我去探望漢娜時和我談一談。她不會知道我不僅是在拖延去探望的時間，而根本是在逃避。可是最後裁決出爐，漢娜將獲釋出獄，典獄長打了電話給我，問我現在能否過去一趟？一週之後漢娜就要出獄了。

8

下一個週日，我去找她了，那是我第一次去監獄。我在入口處接受了檢查，之後一路上有好幾扇門被打開又再鎖上。不過那棟建築物嶄新明亮，內部區域的房門都是敞開的，那些女受刑人可以自由行動。走道盡頭有一扇門通往戶外，面向一小片生意盎然的草地，有樹木和長椅。我四下張望。帶我進來的那名女警指著不遠處的一張長凳，在一棵栗樹的樹蔭下。

漢娜？長凳上的那個婦人就是漢娜？灰白頭髮，額頭、臉頰和嘴角都有深深的皺紋，笨重的身軀。她穿著一件淺藍色洋裝，衣服太小，把胸腹和大腿都繃得緊緊的。她的雙手擱在腿上，拿著一本書。她並沒有在看書，而是從老花眼鏡的邊緣看著一個女子把一塊塊麵包屑扔向幾隻麻雀。然後她察覺有人在注視她，於是轉過臉來面向著我。

當她認出了我，我在她臉上看見了期待，看見她的臉由於喜悅而煥發出光彩，看見她的眼睛在我臉上摸索。當我朝她走近，我看見她的眼睛在尋找、在探問，流露出不安而受傷的眼神，我看見她的臉黯淡下來。當我走到她身旁，她露出友善而疲倦的微笑。「你長大了，孩子。」我在她身旁坐下，她握住我的手。

我以前特別喜歡她的氣味。她聞起來總是很清新：剛洗過澡，剛洗淨的衣物，新鮮的汗水，剛剛歡愛過的氣味。偶爾她會搽香水，我不知道是哪一種，而那股香味最主要也是清新。在這些清新的氣味之下還有另一種濃重、神秘、微澀的氣味。我常常在她身上嗅來嗅去，像隻好奇的動物，從她的脖子和肩膀開始，它們聞起來就像剛洗過那般清新，在她雙乳之間吸進新鮮汗水的氣味，那股味道在腋下和另一種氣味相混，在腰際和腹部幾乎就只聞得到這股濃重而神秘的氣味，兩腿之間則帶著一種令我興奮的果香，我也去嗅她的雙腿和雙腳，還有她的大腿，那股濃重的氣味在她的大腿消失，我去嗅她的膝蓋窩，又聞到清新的淡淡汗味，她的雙腳則帶著肥皂味、皮革味或疲倦的氣味。背部和手臂沒有特別的味道，聞不出什麼來，卻仍舊是她的氣味。而在她的手掌心則是生活和工作的氣味：車票上的油墨，剪票鉗的金屬，洋蔥或魚肉或是煎炸油脂，肥皂水或熨斗的高溫。如果她的手剛洗過，起初不會洩露出這一切。但是肥皂只是蓋過了這些氣味，而過了一會兒之後，這些氣味就又出現了，隱隱約約，融合成單單一種香氣，那是白天和工作的香味，是一日將盡和工作結束時的香味，是夜晚、回家和居家的芬芳。

我坐在漢娜旁邊，聞到的是一個老婦人的氣味。這股氣味我曾在奶奶、外婆以及年邁的阿姨身上聞到過，也瀰漫在養老院的房間和走道上，像一份詛咒。我不知道這股氣味是怎麼形成的，漢娜還沒有這麼老，不該有這種氣味。

我朝她挪近了一些，我察覺自己剛才令她失望了，現在想要補救，想要表現得好一點。

「我很高興妳要出獄了。」

「是嗎？」

「是的，而且我很高興妳會住在附近。」我告訴她我替她找到的住處和工作，說起當地所提供的文化活動和社交活動，還有市立圖書館。「妳看很多書嗎？」

「還好，聽你朗讀更好。」她看著我。「現在都結束了，對吧？」

「為什麼要結束呢？」但是我無法想像再替她錄音，也無法想像和她碰面，替她朗讀。「我很高興也很佩服妳學會了閱讀，而且妳寫給我的信寫得真好！」這是真心話。我佩服她，也感到高興，因為她能夠閱讀，也因為她寫信給我，但是我感覺到，我的佩服和喜悅配不上漢娜為了學習讀寫所耗費的時間和精力。我的佩服和喜悅是多麼微不足道，如果那甚至沒有促使我給她回信，去探望她，和她說話。我允許漢娜在我心中佔據一個角落，這個角落對我而言的確很重要，它給了我一點東西，我也為它做了一些付出，但我沒有允許她在我生活中佔有一席之地。

可是我為什麼要允許她在我生活中佔有一席之地呢？想到我只讓她佔據我心中一個小小的角落，令我感到內疚，但這份內疚又令我感到憤怒。「在那場審判之前，妳真的從來沒去想過在那場審判中被提起的事嗎？我的意思是，當我們在一起的時候，當我替妳朗讀的時候，妳從來沒想起過那些事嗎？」

「你很在乎這個嗎？」但是她並沒有等待我回答。「我一直覺得反正沒有人了解我，沒有人知道我是什麼樣的人，沒有人知道是什麼讓我走到這一步，讓我做出那些事。而你知道嗎？如果沒有人了解你，就也沒有人能夠要求你為自己的行為作出解釋，法庭也不能要求我作出解釋。但是那些死去的人可以要求我，因為他們了解，而他們根本不需要在場，但是假如他們在場，他們就會特別了解。在監獄裡他們常來找我，每天夜裡都來，不管我想不想要他們來。在審判之前，如果他們想來找我，我還能夠把他們趕走。」

她等待著，看我是否想說些什麼，但是我想不出什麼話可說，起初我想要說我什麼都無法趕走，但是這與事實不符。把一個人放在心中一角，這也是一種驅逐。

「你結婚了嗎？」

「我結過婚，葛楚和我已經離婚很多年了，我們的女兒住在寄宿學校，我希望中學的最後幾年她不要住校，搬來跟我住。」現在換我等待著，看她是否想說些什麼或問些什麼，但是她沉默不語。「下星期我來接妳，好嗎？」

「好。」

「悄悄地，還是要熱鬧一點？」

「悄悄地。」

「好，我會悄悄地來接妳，不放音樂，也不開香檳。」我站起來，她也站了起來，我們看著彼此。鈴聲響了兩次，其他的女子已經進了屋裡。她的目光又在我臉上摸索，我擁抱了她，但是她摸起來的感覺不對。

「保重，孩子。」

「妳也一樣。」

我們就這樣道別了，在我們走進屋裡然後不得不分開之前。

/9/

接下來那個星期特別忙碌，是我在準備的那場演講也有時間上的壓力，還是說那只是工作和追求成功的壓力，我不記得了。

我剛開始準備那場演講時有一些想法，但是都派不上用場，當我開始檢視這些想法，希望能找出意義和規律，卻只發現了一個又一個的偶然。我不願意接受，於是繼續尋找，匆忙、緊繃、憂心忡忡，彷彿我對現實的想法如果有誤，現實本身會跟著走上歧途，於是我願意去曲解、誇大或淡化我找到的結論。我陷入了一種奇特的不安狀態，當我在深夜上床睡覺，我雖然能入睡，但是幾個小時之後就會醒來，直到我決定起床，繼續讀書或寫作。

我也替漢娜的出獄做了些準備，用ＩＫＥＡ家具和幾件舊家具布置了漢娜的住處，通知那位希臘裁縫師漢娜即將來到，並且更新了有關社區活動和進修課程的資訊。我買好了日用品備用，把書本放上書架，在牆壁上掛了畫，還請了園丁來整理小花園，那座小花園環繞著客廳前面的露台。我做這些事也一樣匆忙和緊繃，這一切都令我難以消受。

不過，那正好足以讓我不必去回想探望漢娜的事，只偶爾在我開車的時候，或是疲倦地坐在書桌前，還是醒著躺在床上，或是在我替漢娜準備的住處，思緒就會排山倒海而來，使得回憶一發不可收拾。我看見她坐在那張長椅上盯著我瞧，看見她在游泳池面向著我，而我又一次覺得自己背叛了她，對她有所虧欠。這種感覺也又一次令我生氣，我譴責她，覺得她替自己脫罪的方式太低劣、太簡單。只允許死者要求她作出解釋，把罪責和贖罪簡化成失眠和惡夢，那麼那些活著的人呢？但我所謂活著的人其實就是我自己，我不也有理由要求她作出解釋嗎？她把我擺在哪裡？

要去接她的前一天下午，我打電話到監獄去，先和典獄長談了一下。

「我有點不放心。要知道，在這麼長的刑期之後出獄，受刑人通常都會先出去適應一下，去個幾小時或是幾天，施密茲小姐拒絕這麼做，明天對她來說會很難熬。」

電話轉給了漢娜。

「妳可以想一想我們明天要做些什麼。看妳是要直接回家，還是我們先去森林或河邊走走。」

「我會想一想，你凡事都還是喜歡先做好計畫，對吧？」這句話惹惱了我。一如我會生氣，當我那些女友說我不夠隨興，凡事太過理性，而不順著感覺走。

由於我的沉默，她察覺了我不高興，於是她笑了。「別生氣，孩子，我那樣說沒有惡意。」

與我重逢的漢娜是個坐在長椅上的老婦人，她看起來像個老婦人，聞起來也像個老婦人。我根本沒去注意她的嗓音，她的嗓音依舊年輕。

／10／

隔天早晨漢娜死了，她在破曉時分自縊身亡。

當我抵達，我被帶去見典獄長。這是我第一次見到她，她身材瘦小，一頭深金色頭髮，戴著眼鏡。她看起來並不起眼，直到她開始說話，流露出力量和溫暖，目光嚴肅，雙手和雙臂的動作充滿精力。她問起我昨晚那通電話和一週前那次會面。問我是否曾有什麼預感，是否擔心過什麼。我否認了，也的確沒有，並非我曾有過預感或擔憂，只是不願多想。

「你們是怎麼認識的？」

「我們曾經住得很近。」她用審視的目光看著我，我察覺我得再多說一點。「我們曾經住得很近，認識之後成了朋友，後來我在讀大學的時候旁聽了她被判刑的那場審判。」

「你為什麼寄錄音帶給施密茲小姐？」

我沉默不語。

「你曉得她是文盲，對不對？你是怎麼知道的？」

我聳聳肩膀，我看不出漢娜和我的故事跟她有何相干，我的胸腔和咽喉裡滿是淚水，害怕自己無法言語，我不想在她面前哭泣。

她想必看出了我的心情。「請跟我來，我帶你去看看施密茲小姐的牢房。」她走在前面，但是一再回頭過來，告訴我一些事或是作些說明：這個地方曾經遭受過恐怖份子的攻擊，這裡是漢娜工作過的縫紉室，這是漢娜曾經靜坐抗議的地方，直到圖書室遭到削減的經費被恢復，從這裡過去就是圖書室，她在那間牢房前面停下來。「施密茲小姐沒有收拾行李，您看見的牢房就是她還住在這裡時的樣子。」

床鋪、衣櫥、桌椅、桌子上方的牆面上有一個架子，門後的角落是洗手台和馬桶。玻璃磚取代了窗戶。桌面上沒有東西。架子上擺著書本、鬧鐘、一隻布偶熊、兩個杯子、即溶咖啡、茶罐和錄放音機，我錄的那些錄音帶擺在下面兩層。

「這還不是全部。」典獄長循著我的目光看過去。「施密茲小姐總是會出借幾卷錄音帶給視障受刑人服務機構。」

我走近書架。普利摩・李維[19]、埃利・維瑟爾[20]、塔杜施・博羅夫斯基[21]、讓・埃默里[22]，都是集中營受難者的文學作品，旁邊擺著魯道夫・赫斯[23]的自傳，還有漢娜・鄂蘭[24]針對艾希曼在耶路撒冷受審所寫的報導，以及有關集中營的學術著作。

「漢娜讀了這些書嗎？」

「至少她訂購這些書是經過考慮的，許多年前她就請我替她列出一張有關集中營的一般性書單，後來在一、兩年前，她又請我介紹幾本有關集中營裡的婦女的書，關於女性囚犯和女性守衛。我寫信給『當代歷史研究所』，對方寄來了一份專門的參考書目，自從施密茲小姐學會閱讀之後，她馬上就開始閱讀與集中營有關的書籍。」

床頭上貼著許多小圖片和紙條，我跪在床上讀。那是些語錄、詩歌、小幅剪報，也有一些食譜，是漢娜抄下來的，或是從報章雜誌上剪下來的，就像那些小圖片一樣。「春天的藍絲帶再度飄揚於風中」，「雲影從原野上偷偷掠過」，這些詩句都洋溢著對大自然的喜愛與嚮往，一張張小圖片上是春光明媚的樹林、五彩花朵盛放的草地、繽紛的秋葉和幾棵樹，溪邊的一株柳樹、一棵結滿了豔紅果實的櫻桃樹、一棵秋葉黃橙似火的栗樹。一張剪報上的照片是一個年長男子和一個年輕男子，兩人都穿著深色西裝，正伸手相握，年輕男子正在向年長男子鞠躬，而我在他身上認出了自己，那是我在中學畢業典禮上接受

19. 普利摩・李維（Primo Levi, 1919-1987），猶太裔義大利作家，納粹集中營倖存者，敘述集中營生活的回憶錄《如果這是一個人》於一九四七年出版，被視為倖存者文學中的經典作品。

20. 埃利・維瑟爾（Elie Wiesel, 1928-2016），生於羅馬尼亞的猶太裔作家，首部作品《夜》記述他在集中營的生活，於一九五八年出版，其後著述不斷，呼籲世人譴責暴力與仇恨，並因此而獲得一九八六年的諾貝爾和平獎。

21. 塔杜施・博羅夫斯基（Tadeusz Borowski, 1922-1951），猶太裔波蘭作家，奧斯威辛集中營倖存者，戰後以小說形式記錄了戰時的親身經歷，包括短篇小說集《告別瑪麗亞》和《石頭世界》。

22. 讓・埃默里（Jean Améry, 1912-1978），猶太裔奧地利作家，集中營倖存者，戰後移居布魯塞爾，擔任瑞士報社記者，最知名的作品為《罪與罰的彼岸》，於一九六六年出版。

23. 魯道夫・赫斯（Rudolf Höss, 1901-1947），納粹黨衛軍軍官，一九四〇至一九四三年間擔任奧斯威辛集中營的司令，執行希特勒滅絕猶太人的計畫，戰後以戰犯身分被判處死刑。

24. 漢娜・鄂蘭（Hannah Arendt, 1906-1975），猶太裔美籍哲學家與政治理論家，生於德國，在哲學家雅斯培門下取得哲學博士學位，納粹掌權後流亡美國。她曾全程參與以色列審判納粹戰犯艾希曼（Adolf Eichmann）的過程，事後寫下《平凡的邪惡》一書，於一九六三年出版，至今仍是探討正義與邪惡的經典之作。

校長頒獎，那時漢娜離開那座城市已經很久了。難道當時並不識字的她訂閱了登出這張照片的地方性報紙嗎？無論如何，她想必費了一番工夫才得知有這麼一張照片，並且弄到了一張，在那場審判期間她就已經有了這張照片嗎？她把照片帶在身上嗎？我又感覺到胸腔和咽喉脹滿淚水。

「她靠著你學會了閱讀，她從圖書室裡借來你在錄音帶上朗讀的書，再逐字逐句對照她所聽到的內容，那具錄放音機受不了這樣經常開開關關、向前或向後快轉，老是壞掉，老是得要送修，而因為送修需要獲得批准，我才得知了施密茲小姐在做什麼。起初她不想說，不過當她也開始學習寫字，請我給她一本書寫體的書，她就不再試圖隱瞞，也因為她對自己學會了讀寫感到自豪，想要分享她的喜悅。」

在她說這些話時，我仍然跪在床上，看著那些圖片和紙條，強忍住淚水。當我轉過身來坐在床上，她說：「她多麼希望你會寫信給她，只有你會寄東西給她，每次郵件分送完畢，她就會問：『沒有我的信嗎？』而她指的不是裝著錄音帶的包裹，為什麼你從來沒給她寫信呢？」

我又沉默了，我沒辦法說話，假如我開口，就只會泣不成聲。

她走到架子前面，拿起一個茶葉罐，在我旁邊坐下，從口袋裡掏出一張摺起來的紙。「她留了一封信給我，算是一份遺囑，我把跟你有關的部分讀給你聽。」她把那張紙展開。「在那個淺紫色茶葉罐裡還有錢，請交給米夏．貝爾格，要他把這些錢連同我存款帳戶裡的七千馬克交給在教堂失火後和母親一起倖存下來的那個女兒，由她來決定如何處理這筆錢，並且請代我問候他。」

也就是說，她沒有留下訊息給我，她是想讓我難受嗎？是想要懲罰我嗎？還是說她的心靈太過疲憊，只能夠做最必要的事，寫下最必要的話？「這麼多年來她的情況如何？」我等到我能夠再往下說，「最後這幾天她的情況又是如何？」

「有很多年，她住在這裡就像是生活在一所修道院裡，彷彿她是自願到這裡來隱居，彷彿她是自願遵守這裡的規矩，彷彿那單調的工作是種靈修。她對其他的女受刑人態度友善，但保持著距離，在她們當中很受敬重。不僅是這樣，她還是個權威人物，其他人有問題時會來請教她，如果她在別人爭吵時出面干預，別人會接受她的仲裁。直到幾年前她放棄了自己，以前她一向很注意自己的儀容，體格強健但是苗條，而且一絲不苟地把自己打理得乾乾淨淨，後來她開始暴飲暴食，很少洗澡，發胖了，而且身上有了味道。但是看起來她並沒有不快樂或不滿足。事實上，彷彿是隱居在修道院都還不夠，彷彿就連在修道院裡都還有太多人際往來、太多閒話，因此她必須更進一步地隱居到一個寂靜的小房間，在那裡沒有人會看見她，於是外表、衣著和氣味都不再重要。不，說她放棄了自己並不正確，應該說她重新定義了她的位置，以一種適合她自己的方式，但是不再能使其他女受刑人佩服。」

「她的最後幾天呢？」

「就跟平常一樣。」

「我可以看看她嗎？」

她點點頭，但是仍坐著沒動。「在孤寂的歲月中，世界對一個人來說會變得如此難以忍受嗎？一個人會寧可自殺，而不願離開修道院，離開隱居生活，回到世界上嗎？」她轉身面向我。「施密茲小姐沒有寫她為什麼自殺，而你也不說你們兩個之間是怎麼回事，也許這就是施密茲小姐在你要來接她的前一夜裡自殺的原因。」她把那張紙摺起來，塞進口袋，站起來，把裙子撫平。「要知道，她的死對我是個打擊，我現在很生氣，生施密茲小姐的氣，也生你的氣。不過，我們走吧。」

她又走在前面，這一次沒有說話。漢娜躺在醫護室的一個小房間裡，擔架和牆壁之間的空隙勉強還能讓我們走進去，典獄長掀開了床單。

漢娜的頭上纏著一塊布，為了在屍僵發生之前把下巴抬高。那張臉既不特別安詳，也不特別痛苦，顯得僵硬，沒有生氣。當我凝視良久，在那張死去的臉上浮現了她生前的臉，在那張老去的臉上浮現了她年輕時的臉。我心想，這想必就是老年夫妻的情況：對她來說，年輕時的丈夫還保存在年邁丈夫的身上；對他來說，妻子年輕時的美麗和嫵媚還保存在年邁妻子的身上。為什麼一個星期之前我沒有看見？

我可以忍住不哭，過了一會兒，典獄長用詢問的眼神看著我，我點了點頭，於是她就把床單再蓋回漢娜的臉上。

11

直到那年秋天，我才完成了漢娜交代的任務。那個女兒住在紐約，我趁著去波士頓開會時把錢帶去給她：一張金額與存款數字相符的支票和裝在茶葉罐裡的現金。我事先寫了信給她，作了自我介紹，說我是研究法律史的學者，也提到了那場審判。我說如果能和她談一談，我會很感激，於是她邀請我過去喝茶。

我搭乘火車從波士頓前往紐約，一路上的樹林顏色華美燦爛，有褐色、黃色、橙色、紅棕色和褐紅色，還有火焰般閃亮的楓紅。我想起漢娜牢房裡那些圖片上的秋天景色。當我由於車輪的滾動和車身的搖晃而打起瞌睡，我夢見了漢娜和我在一間屋子裡，在秋天裡五彩斑斕的山丘上，這列火車正從這些山丘之間駛過。漢娜比我認識她時老了一些，比我和她重逢時年輕一些，比我年長，比以前更美，她的動作隨著年紀增長而更加沉著，在自己的身體裡更加自在。

我看見她從汽車裡出來，抱起購物袋，看見她穿過庭院走進那間屋子，看見她把購物袋擱下，在我前面走上台階。對漢娜的渴望是那麼強烈，令我心痛，我抗拒著這份渴望，向它提出異議，說它完全罔顧漢娜和我的現實，罔顧我們的年齡和我們的生活情況。漢娜不會說英語，她要怎麼在美國生活？而且她也不會開車。

我醒過來，又想起來漢娜死了。我也知道那份渴望雖然依附著她，卻不是針對她，那是想要回家的渴望。

那個女兒住在紐約中央公園附近的一條小街上，街道兩旁都是用深色砂岩建造的連棟式老房子，通往一樓的台階也是用深色砂岩建造的，構成了一幅嚴肅的景象，房子一間接著一間，正面幾乎一模一樣，台階一座接著一座，行道樹是不久之前才栽種的，彼此之間距離相同，細瘦的枝椏上有稀疏的黃葉。

那個女兒把茶具擺在那幾扇大窗戶前面，可以看見房屋天井的一座座小庭院，有些綠意盎然、色彩繽紛，有些則只是堆著一些舊物，她用英語和我打招呼，等我們坐定，斟了茶，加了糖，攪拌過，她就改說德語。「你來找我有什麼事？」她問，談不上友善，但也並非不友善，語氣十分務實。她身上的一切都顯得務實，不管是態度、動作還是衣著。那張臉很奇特地看不出年紀，拉過皮的臉看起來就是這個樣子。不過，也可能是這張臉在早年的苦難中僵化了。我試圖去回想她當年在那場審判期間的面容，但是想不起來。

我說起漢娜的死和我的任務。

「為什麼是我？」

「我猜想是因為妳是唯一的倖存者。」

「我拿了要做什麼？」

「任何妳認為有意義的事。」

「藉此讓施密茲小姐的罪得到赦免？」

起初我想反駁，但是漢娜所要求的確實很多，她不想只把服刑那些年視為被迫贖罪，而想要自己賦予那段獄中時光一種意義，也想因此得到認可，我這樣說了。

她搖搖頭。我不知道這是表示她不贊同我的解釋，還是拒絕給予漢娜這份認可。

「即使妳不能赦免她的罪，就連給予她這份認可也不行嗎？」

她笑了。「你喜歡她，對吧？你們之間究竟是什麼關係？」

我沉吟了片刻。「我是替她朗讀的人，從我十五歲開始，後來在她坐牢的時候繼續替她朗讀。」

「你是怎麼……」

「我寄錄音帶給她，施密茲小姐大半輩子都是文盲，直到在監獄裡才開始學習讀寫。」

「你為什麼要做這些事？」

「在我十五歲的時候，我們有過一段關係。」

「你的意思是，你們上過床？」

「對。」

「這個女人真是殘忍，你承受得了嗎，她在你十五歲的時候就……不，你剛才已經說了你在她坐牢的時候又開始替她朗讀。你結過婚嗎？」

我點點頭。

「可是那段婚姻很短暫，而且不幸福，你沒有再婚，而小孩在寄宿學校，如果有小孩的話。」

「有成千上萬的人都是這樣，不見得是因為施密茲小姐。」

「如果過去這些年裡你和她有聯繫，你覺得她知道自己對你做了什麼嗎？」

我聳聳肩膀。「至少她知道她在集中營裡和行軍途中對別人做了些什麼，她不只是這樣對我說過，她在監獄的那些年裡也花了很多時間去思考。」我把典獄長的話告訴她。

她站起來，在房間裡來回踱步，步伐很大。「究竟是多少錢呢？」

我走向衣帽架，先前我把提包擱在那裡，然後拿著支票和茶葉罐回來。「在這裡。」

她看了那張支票一眼，把它擱在桌上。她打開茶葉罐，掏出裡面的東西，再把蓋子蓋上，把罐子拿在手裡，緊盯著瞧。「小時候我有一個茶葉罐，用來裝我的寶貝。不是像這一種，雖然當年也已經有這種罐子了，而是一個有斯拉夫字母的罐子，蓋子不是壓進去，而是從外面套住。我帶著那個罐子進了集中營，後來被偷走了。」

「裡面裝了什麼？」

「還會有什麼。我們家養的貴賓狗的一撮捲毛，我父親帶我去看歌劇的門票，一枚戒指，不記得是在哪裡贏來的，還是在一包東西裡找到的。罐子被偷不是因為裡面裝的東西，而是因為罐子本身還有它的用途在集中營裡都很有價值。」她把罐子擱在那張支票上。「要怎麼運用這筆錢，你有什麼建議嗎？如果用在跟猶太人大屠殺有關的任何事情上，我會覺得那像是一種赦免，這我做不到，也不想做。」

「可以用在那些想學習讀書寫字的文盲身上，一定有一些相關的公益基金會、協會和團體，可以把這筆錢捐給他們。」

「肯定是有的。」她思考著。

「猶太人也有這一類的協會嗎？」

「這你可以放心，只要有支持某種活動的協會，猶太人就一定也有類似的協會。不過，文盲倒不是猶太人常見的問題。」

她把支票和錢推到我面前。

「這樣吧，你去打聽一下有哪些相關的猶太人機構，在此地或是在德國都可以，再把這筆錢捐給你認為最值得贊助的機構。」她笑了，「你可以用漢娜．施密茲的名義捐款，如果認可真的這麼重要的話。」

她又把罐子拿在手裡。「這個罐子我就留下了。」

12

這一切如今已是十年前的往事了。在漢娜死後的頭幾年，那些老問題折磨著我：我是不是否認了她？背叛了她？我是否對她有所虧欠？是否因為愛她而有了罪過？當年我是否應該和她斷絕關係？應該擺脫她？有時候我自問是否該對她的死負責。有時候我也生她的氣，氣她對我所做的事，直到那份怒氣失去力道，而那些問題變得無關緊要，不管是我做了或沒做的事，還是她對我所做的事，這反正已經成了我的人生。

在她死後不久，我就下定決心寫下漢娜和我的故事。從那以後，這個故事已經在我腦海中寫過許多次，每次都略有不同，每次都有新的畫面、新的零碎情節和思緒。因此，在我寫下的版本之外還有許多其他版本。由於我把這個版本寫了出來，就保證了它是正確的版本，被寫出來的這個版本想要被形諸筆墨，其他的那許多版本則並不想。

起初我之所以想把我們的故事寫出來是為了擺脫它，但是當我懷著這個目的，回憶並未湧現。後來我察覺我們的故事漸漸離我而去，而我想藉由書寫將它喚回，但是這也並沒有喚出回憶。這幾年來，我不再去想我們的故事，和它和平共存，而它就回來了。細節一一浮現，以一種方式圓滿、完整而且有著方向，不再令我感到悲傷。有很長一段時間，我認為這個故事太過悲傷，倒不是說我現在認為這是個快樂的故事，但是我想這個故事是真實的，至於是悲傷還是快樂，就一點都不重要了。

至少我在單純只是想到這段故事時是這樣想的。可是在我受到傷害的時候，當年所經歷的傷害就再度浮現，在我感到罪過的時候，當年的內疚就又浮現，而我在今日的渴望與鄉愁中感覺到當年的渴望與鄉愁。我們的人生是如此緊密地層層相疊，乃至於我們在後來的人生裡總是會與早年的人生相遇，不是已經被封存的過去，而是活生生的就在眼前。這一點我懂，儘管如此，有時候我覺得這很難承受，也許我寫下我們的故事畢竟還是因為我想要擺脫它，就算我擺脫不了。

從紐約回來之後，我馬上就把漢娜那筆錢用她的名義捐給了「猶太掃盲協會」，我收到一封用電腦打字的短信，對方在信上感謝施密茲小姐的捐款。我把這封信揣在口袋裡，開車前往墓園去找漢娜的墓地。那是我第一次，也是唯一一次，站在她的墳前。

她的臉蛋、她的身體，他早就不復記憶，
然而他已經保存了她最美好的部分——她的香氣。

香水

徐四金——著

譯成 55 種語文版本，全球銷量突破 2000 萬冊！
改編同名電影和 Netflix 影集，18 位文化界名家共香盛舉推薦！

在嗅覺天才葛奴乙腦中分門別類的氣味王國裡，他主宰所有的氣味，但自己的身上卻沒有任何味道。葛奴乙的感情同樣無色無味，他從來不曉得情為何物，直到那天一陣香氣竄進鼻腔。當他嗅到牆後紅髮少女含苞待放的清香，既沒有愛過人，也不被人所愛的葛奴乙，竟親身體會到戀愛的幸福。這令人為之瘋狂的香氣，他要一絲不漏地據為己有。他要像從她身上剝下一層皮那樣，確確實實地把她變作一支專屬於自己的香水，一件氣味王國裡永恆的收藏……

國家圖書館出版品預行編目資料

我願意為妳朗讀【25週年紀念全新譯本】/徐林克
；姬健梅. -- 初版. -- 臺北市：皇冠, 2020.10
面；公分. --（皇冠叢書;第4883種)(CHOICE;334)
譯自：Der Vorleser

ISBN 978-957-33-3592-4(平裝)

875.57　　　　109013077

皇冠叢書第4883種
CHOICE 334

我願意爲妳朗讀

【25週年紀念全新譯本】

Der Vorleser

作　者—徐林克
譯　者—姬健梅
發行人—平　雲
出版發行—皇冠文化出版有限公司
台北市敦化北路120巷50號
電話◎02-27168888
郵撥帳號◎15261516號
皇冠出版社(香港)有限公司
香港上環文咸東街50號寶恒商業中心
23樓2301-3室
電話◎2529-1778　傳真◎2527-0904
總編輯—許婷婷
責任編輯—平　靜
美術設計—王瓊瑤
著作完成日期—1995年
初版一刷日期—2020年10月

法律顧問—王惠光律師

讀者服務傳真專線◎02-27150507
電腦編號◎375334
ISBN◎978-957-33-3592-4
Printed in Taiwan
本書特價◎新台幣320元/港幣107元